# DO NOT ANSWER

三体宇宙 | 三体 THREE-BODY

三体宇宙 编著

# 不要回答

vol. 01

红岸

出 品 人：赵骥龙
策 划 人：纪敬
主　　编：蔡雅琳
编　　辑：赵新楠　孙煜宸
装帧设计：侯侯　文雅　@broussaille 私制
宣发统筹：韩泠
品牌监修：王思尹
商务合作：刘淳

# 主编的一封信

## 科幻是未来，亦是当下。

从古时候大家对于神仙法宝的想象，对墨家机关术的好奇，到工业时代对钢铁重器运转的惊叹，每个时代都曾有关于未来的科学幻想，而它们的未来则证实了这不只是想象，而是世界的进行时。如今我们走到了人工智能时代，无人设备爆发式增长，对地外文明的探索也有了更多颠覆认知的结果，这是我们的进行时，也是20世纪众多科幻作家曾提及的未来。

我迫不及待地想邀请大家一同加入时代的浪潮，即便我也无法预知会停在哪片海域，能否找到"仙岛、宝藏"。但面对大海、地下、宇宙等我们仍有许多未知的空间，我想多知道一些事总归是有帮助的。所以在这本书中，我想在科幻小说之外，为大家提供更多样的知识、信息，不仅是基础学科科普，还有大家在这个时代浪潮中正在做的事。

有人因为《三体》确定了大学志愿，有人正在实现新能源的路上筚路蓝缕，有人用新科技纳米布料制作日常的衣服来让户外活动变得更安全。面对科幻的启发，大家都在自己的路上，各为萤火。在种种之外，更多的人正走在让大众认识科幻，了解科幻的路上。作者、编剧、导演、艺术家、游戏制作人等内容创作者都在用自己擅长的事放大科幻的光亮。如今，我们也加入其中，期待"不要回答"系列Mook（杂志书）能被更多人看到。

在《三体》中，监听员知道地球文明远低于三体文明的科技，以及自家文明对于稳定生存环境的迫切需要，发出了不要回答的警告。叶文洁面对警告选择了冒险，迎向未知的宇宙文明。这是一场豪赌。《道德经》中，老子曾言："多言数穷，不如守中。"人们对于不确定性和未知风险或多或少地抱有一丝犹疑，有魄力和赌之间的区别在于是否有足够多的数据、信息去支持有风险的决策。地外文明的秘密我们目前还无法探求，但《不要回答》可以成为打破国界、打破信息茧房的先行者之一。

2024年10月国家发布《国家空间科学中长期发展规划（2024—2050年）》，提出了我国有望取得突破的5大科学主题和17个优先发展方向。其中5大主题分别为：极端宇宙、时空涟漪、日地全景、宜居行星、太空格物。地外文明极其罕见地在官方公告中出现了，仿佛科幻小说中的情节。

## 官方都冲了，你还不心动吗？

或许你儿时关于未来宇宙、科技的畅想，目前仍只是一颗种子，平时被学习、工作挤压到角落，蒙上灰尘。但每颗种子的声音我们都在意，不管是小说、科普、绘画还是零星的想法，只要是你想表达的，发送至 zhenggao@3body.com，我们会在30个工作日内联系你是否刊登。邮件主题请标明投稿内容性质，如【小说】xxx。

我相信，总有一天，我们不会再为收到"不要回答"的警告而忐忑，世界之外，冲向宇宙！

插画：吴青松

# 序

**科幻的灵魂是幻想。**

人和世界的漫长变化是那样曲折和迷人。在日常琐碎、生死沉浮之外,生活在这片宇宙中形形色色的我们,不管身处何地,想象都是无法被禁锢的。在星空下,在机器轰隆隆运转的时刻,自然的辽阔和科技的力量尽显于世人面前,又有多少人能抵抗住这份震撼,不去畅想未来呢?

从虚幻到现实,自远古神话到未来畅想,种种奇思妙想皆在这不到 1.5 千克的大脑中产生,科幻亦是其中之一。但人在宇宙中又那样渺小。这种冲突感给我带来的不是自卑、自怜,而是震撼。我没有考虑我有多小,而是在想宇宙有多大。这种震撼是宏大又空灵的。

这也是科幻文学相较于其他文学的魅力。即便其中也会有令人熟悉的生活细节,也并不会将视线只局限在人类本身。在这还有繁多未知的世界、宇宙中,我们是进行时的一部分,科技的发展和有关未来的畅想正在逐渐改变我们的生活,提供更多可能性。所以,去想象吧!或许在未来,你有机会指着生活说:"在几十年前,这幅画面曾出现过。"

无论生活环境如何,请记得我们永远拥有辽阔的宇宙和无限可能性。这套科幻 Mook 除了科普、前沿科技和文学作品,还别出心裁地为大家展示了当下为日常赋予想象的生活方式。希望它能为大家带来更多参与幻想的快乐!

# 翻开一部《三体》，打开一个宇宙。

《三体》是中国科幻文学巨大的分水岭。《三体》面世前和《三体》面世后，中国的科幻文学有着截然不同的发展面貌，这当然和中国自身不断的发展有关，但也和《三体》这部小说巨大的影响力有着直接的关系。

《三体》把关于宇宙星空的梦想带到了中国读者乃至全球读者面前。浩渺太空，文明应当星罗棋布，偌大的宇宙如果只有人类，该多么无趣；人类如果无法离开地球，成为太空种族，又是多么令人叹息。在当前的技术水平下，跨向太空无疑还只是一个梦想，进入宇宙深处，去寻找外星人更是一种遥不可及的企望。

还好我们还有科幻。如果去不了，希望我们能想象到。

《不要回答》大约也是按照这样的想法来设计的。它综合了科学、技术和幻想，把正儿八经的宇宙探索和天马行空的科幻故事一道讲述，把前沿的科技发现和肆意发散的图景一起呈现在读者面前，打造一个亦真亦幻的宇宙世界，就像《三体》小说所做的一样。

它是一份索引、一份路线图；也是一份总结、一份回顾。

《三体》的读者可以在这里找到熟悉的事物，激发阅读时的种种美好回忆。不熟悉《三体》的读者在这里一样可以畅游，说不定还有发现新事物的惊喜。在一个被电子屏幕霸占的世界里，《不要回答》的面世，多多少少显得有些奢侈。它是写给《三体》的情书，是对三体宇宙的告白。在一个被效率和利益高度统治的世界里，看一看带着青春记忆的告白，是一件颇有意义的事。

没错，对宇宙的畅想，是未来，同时也是青春，只有一颗充满着好奇的年轻的心，才会让人把目光从平凡人间挪开，投向浩渺的苍穹。谁又没有年轻过、好奇过呢？问题在于，如何才能保持这份好奇，维持一颗年轻的心。问题没有特定的答案，每个人都要寻找自己的道路。《不要回答》大约能成为我们探索的过程中一份小小的助力。

《三体》很小，宇宙很大，《三体》却可以成为打开宇宙世界的钥匙。翻开一部《三体》，打开一个宇宙。合上一部《三体》，涌现出许许多多个宇宙。期待《不要回答》的读者能从阅读中找到打开自己的宇宙世界的独特办法，成就不一样的自己。

**愿宇宙为你闪烁。**

江波

# 人类生来热爱幻想。

为了满足幻想,古人创造了宗教,编写了神话。他们幻想天圆地方,举头三尺有神明,将一切不合理归于神谕。但随着蒸汽机的轰鸣声将旧神埋葬,人类的想象力逐渐难以被满足,科幻便由此诞生。从弗兰肯斯坦到罗伊·巴蒂,从《大都会》到《银河帝国》,人类通过欣赏经典的科幻作品突破时空的桎梏,让精神需求得到了前所未有的满足。

但科幻不能只有幻想,更需要从现实中汲取养分。

"好看的科幻小说应该是把最空灵、最疯狂的想象写得像新闻报道一般真实。"在指导电视剧版《三体》时,我曾将这句话奉为圭臬。创作科幻就像放风筝,想象力是风筝,现实是风筝线。如果想让风筝飞得又高又好,不能一味地放飞想象,也要适时地拉一拉线,只有这样才能让想象沿着现实的轨道飞得更远。

《不要回答》就是这么一只有趣的风筝。在这本书中,你能看到科幻小说、科普、访谈,也能看到一些科幻爱好者对生活的态度、人类对太空的探索、科学家对宇宙的研究。它通过颇为考究的设计,把这些内容以独有的方式结合起来,最终摆上了读者的书桌。

2015 年,当宇航员凯尔·林格伦在距离地面 400 千米的空间站中宣布《三体》获得"雨果奖"后,中国科幻获得了比以往更多的关注,中国的科幻创作者也通过不断的尝试,找到了一条属于自己的道路。希望《不要回答》能够同《三体》一样,从现实出发,从文化的土壤出发,为创作者提供放飞思绪的平台,为读者献上一份属于中国科幻的精神盛宴。

在《三体》中,人类的科技被智子封锁,难以进步分毫。所幸现实并非如此。在真实的世界中,人类科技无时无刻不在向前发展。在这样的时代做科幻爱好者是一件幸运和幸福的事:我们有机会看到数十年前的科幻点子被科学实现,也有幸亲眼见证技术革新拓宽科幻的边界。

# 未来如何,
# 我愿同你一起拭目以待。

## 目录

# 去追溯　去揭秘

**002　深度揭秘**
红岸基地——现实边缘的思想实验
红岸基地简历

**018　硬核三体**
红岸基地揭秘问答

**024　映入现实**
宇宙联络器盘点

**034　世界构建者访谈**
刘慈欣：科幻是未来可能性的排列
杨磊：保持距离
《我的三体》漫画幕后谈
印象碎片

**060　图说科幻**
图说三体

**070　平行世界**
三体——量子蜂群计划
NPC三体小剧场

三　体

# 去想象　去未来

**094　宇宙传递**
星辰来信

**124　科技新视角**
把大象塞到冰箱里去

**144　星际时代的职业选择**
射电望远镜
天文台二三事

**150　生活·想象**
想象是第二种存在
未来主义时尚——机能

# 宇宙纪元

**164** 智子悬浮
智子问答

**204** 三体最新资讯

**170** 短篇小说
黑月之下
聋井

科 幻 进 行 时

# 红岸基地

---

## 现实边缘的思想实验

### RED COAST
---
### A THOUGHT EXPERIMENT ON THE EDGE OF REALITY

作者 / 三体宇宙编辑部

一场关乎人类命运的思想实验，
一次现实与虚构的碰撞。
不妨跟随电波，
一同进入未知的宇宙。
红岸基地，
一切故事的起源。
它不仅拉开了《三体》故事的序幕，
而且拉近了科幻与现实的距离。

科 幻 小 说 是

纸上的

0200:01:12

社 会 实 验 。

——阿西莫夫（苏联）

◈ 21世纪头10年的北京郊区

2007年,北京,一间不大的会议室中。军人们坐在一起。他们语言不同,肤色不同,甚至军装款式也有差别,空洞的眼神和紧皱的眉头或许是他们仅有的相似之处。汗水浸湿了衬衫的领口,整洁的军装早已变得皱巴巴,象征人类荣誉的勋章和绶带似乎也变得碍事。暗红的火星在黑暗中微微发亮,那是正在燃烧的烟头,青烟袅袅升起,穿过投影仪的灯光,在空中幻化成翻滚的云雾……人们沉默地看着眼前的调查报告,偶尔的窃窃私语往往以一声叹息收尾,气氛压抑到了极点。

这里是联合作战中心的临时会议室,随意拼凑的会议桌上洒满了文件和报告,它们的主题出奇地一致——世界各地的前沿物理学家们似乎遭受了某种未知的重大打击,先后选择自杀。眼前严峻的情况使得他们不断地猜测着,这个可能的对手究竟是谁——是谁拥有如此强大的能力,能够在如此短暂的时间内对整个科学界进行如此精确的打击? 不知何处而来的鸣笛短暂打破了这近乎诡异的安静。此刻,窗外的街道正沐浴在和煦的春光中,马路上车流如织,草坪上有人在遛狗,刚放学的初中生在嬉笑打闹。一切都与屋内的世界格格不入。当然,无论是哪个世界的人,他们都不知道此次危机将会对人类的历史造成何等重大的影响。若想追溯此次危机的源头,则需要把针调至20世纪60年代,寻找那个神秘的军事基地。

红岸基地,一切故事的起源。对《三体》的读者而言,它不仅拉开了《三体》故事的序幕,还拉近了科幻与现实的距离。这个位于大兴安岭山脉深处的神秘基地,激发了无数读者对太空探索的无尽想象,它让人们觉得实现星球间文明沟通的可能性就在自己身边。我也是受到触动的读者之一，每当看到这个名词，便会有摄人的思绪在脑海中打旋：古老的土地散发着松柏和泥土的清香，巨大的抛物面天线在风中低沉地呜咽，漫长的寒夜中一成不变的宇宙电波，彰显向着太空发出人类第一声呐喊的魄力……无数精彩的故事都源于这里。

在想象之外，是现实对文学的托举。极难有作者能脱离本身的社会背景和经历，完全跳出现实去描写一个故事，大刘（刘慈欣）也不例外。英国科幻作家阿瑟·克拉克认为，任何足够先进的科技，看上去都与魔法无异。事实上，现实的可预见性和社会隐喻正是硬科幻的魅力之一，是科技的发展让这些"魔法"一样样成真，进入人们的日常生活。科幻作家虽不亲自发明创造，但他们的想象，为科学家们展现了未来科技发展的种种可能，推动了科技的进步。

以书中的时间来论，2025 年是危机纪元 19 年，距离建造红岸基地的时间已过去 59 载春秋。即便这座基地真实存在过，想必其中种种也早已化为过眼云烟。但这并不影响它背后的意义。将它设定于 20 世纪 60 年代出现，并非偶然。回看历史，拨开层层帷幕，我们似乎能从中挖出一些有趣的东西，不只是科学。

## 时代洪流中的世界

20 世纪 50 年代，世界政治局势云谲波诡。美苏两个超级大国崛起，成为相互对峙的世界两极。两国不仅在社会制度和意识形态方面存在鸿沟，更在军事领域构筑起坚不可摧的对立壁垒。冷战的阴云悄然笼罩全球。

二战结束后，西欧国家的社会经济结构遭到重创：铁路、工厂和房屋均被战争摧毁殆尽，社会生产活动的开展举步维艰。失业潮导致工人运动不断爆

二战后的科隆大教堂

发。在这些因素的共同作用下,共产主义思想如同野火一般蔓延。英国、法国、意大利、希腊等多个国家的共产党纷纷崛起,其中一些国家甚至爆发了社会主义革命。这让矢志成为全球领导者的美国深感威胁。政客们将社会主义思潮视作洪水猛兽,"杜鲁门主义"和"马歇尔计划"横空出世。从结果上看,这些举措通过经济、政治和文化等多方面的干涉,成功地巩固了西欧国家的亲美立场,遏制了共产主义在欧洲的扩张,"铁幕演说"却也正式拉开了冷战的序幕。

与此同时,在亚欧大陆的另一边,苏联也正默默舔舐着自己的伤口。二战胜利的代价对苏联而言是惨重的。据统计,苏联在二战期间损失了至少 2 200 万人口,以战前的卢布估算,直接经济损失达到了 6 790 亿卢布。为了防止本土遭到入侵的惨剧再次上演,战后的苏联试图构筑更加可靠的国家安全战略。此外,在战争期间被苏联解放的东欧各国纷纷选择了社会主义道路,成为苏联的卫星国。这一系列变化加剧了苏联的扩张态势,也使得大国间的矛盾与冲突日益尖锐。

冷战时期的美苏两国均掌握着足以毁灭世界的核武器。它们既是平衡器,也是悬于人类头顶的达摩克利斯之剑。核战争的毁灭性后果远远超过任何一个国家的承受极限。因此,"核威慑"成为维持和平的关键。双方都需要保证自身拥有足够数量的核武器,以此做到在对方首次核打击后进行报复性打击。在这种情况下,核弹越造越多,双方却更加投鼠忌器。

在这种微妙的平衡下,美苏只得在其他领域展开激烈的竞争。从政治、军事到科技、民生,每个领域都成为双方彰显制度优越性的舞台。历史上最强的"鲇鱼效应"使人类的科技迎来了爆炸式发展,航空航天技术更是以前所未有的速度向前跃进,至今影响着人类前行的步伐。

## 太空竞赛

1957 年 10 月 4 日,苏联成功发射了世界上第一颗人造卫星"斯普特尼克 1 号",这一行为极大地刺激了美国的神经,也标志着太空竞赛的开始。为了确保美国在航天领域的领先姿态,美国政府开始加大

对航天研究的投入。仅仅三个月后，美国于1958年1月31日成功发射了"探险者1号"卫星来回应地球另一面的对手。同年，美国成立国家航空航天局（简称NASA），美苏太空竞赛开始进入白热化阶段。

随着资金和人力源源不断地投入，20世纪60年代，人类终于摆脱了地球的引力，正式飞向地外空间。1961年，苏联宇航员尤里·加加林乘坐"东方1号"宇宙飞船，成为人类历史上第一个进入太空并绕地球一圈的人；1969年，美国宇航员尼尔·阿姆斯特朗等乘坐"阿波罗11号"首次登月，第一次在地外空间留下人类的足迹。从此，人类终于脱离了母亲的襁褓，向着未知的宇宙发出第一声啼哭。

阿姆斯特朗登月标志着美国在太空竞赛中获得重大胜利。苏联也随即展开了一系列行动。1966年，

✦ 2023年10月26日，加拿大2号机械臂（Canadarm2）. 图源：NASA

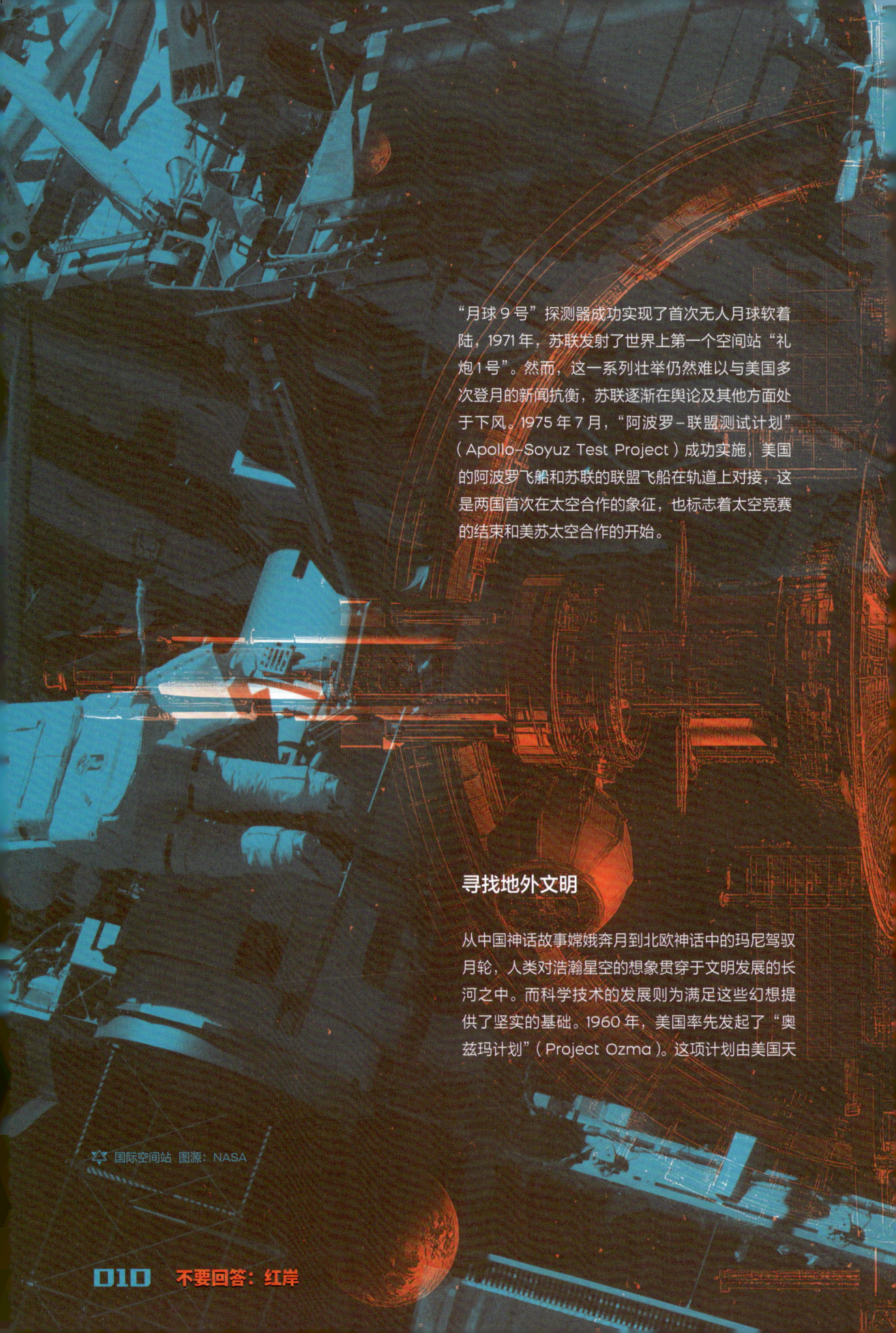

"月球9号"探测器成功实现了首次无人月球软着陆，1971年，苏联发射了世界上第一个空间站"礼炮1号"。然而，这一系列壮举仍然难以与美国多次登月的新闻抗衡，苏联逐渐在舆论及其他方面处于下风。1975年7月，"阿波罗－联盟测试计划"（Apollo-Soyuz Test Project）成功实施，美国的阿波罗飞船和苏联的联盟飞船在轨道上对接，这是两国首次在太空合作的象征，也标志着太空竞赛的结束和美苏太空合作的开始。

## 寻找地外文明

从中国神话故事嫦娥奔月到北欧神话中的玛尼驾驭月轮，人类对浩瀚星空的想象贯穿于文明发展的长河之中。而科学技术的发展则为满足这些幻想提供了坚实的基础。1960年，美国率先发起了"奥兹玛计划"（Project Ozma）。这项计划由美国天

国际空间站 图源：NASA

未来空间站的想象

文学家弗兰克·德雷克发起,是人类历史上首次系统地搜寻地外智慧生命的项目。该项目使用西弗吉尼亚州的绿岸天文台对两颗类太阳恒星进行监听,希望可以搜寻来自外星文明的无线电信号。此外,NASA在20世纪60年代后期也开始资助各种与搜寻地外文明(Search for Extraterrestrial Intelligence,SETI)相关的研究项目。NASA试图使用无线电和光学搜寻技术,通过监听和发射信号来寻找可能的外星文明。1961年,弗兰克·德雷克提出了"德雷克方程",用于估算银河系中可能存在的外星文明数量。虽然该项公式的变量多达7个,而其中非常重要的"科技文明存在的时间"甚至无法确定,但在探索太空的热潮中,人们依然发自内心地相信外星文明可能存在。

地球的另一边,苏联则将目光聚焦在射电天文台的建造上。20世纪60年代,苏联建立了多个射电天文台进行天文学研究,试图对宇宙中可能存在的外星信号进行监听。当时苏联科学家们对地外智慧生命的理论研究抱有极大的热情。1964年,天体物理学家卡尔达舍夫提出了知名假说——"卡尔达舍夫尺度"(Kardashev Scale)。他针对一个文明所能利用的能源量级对宇宙中可能存在的文明进行分类,将其划分为三个量级。其中I型文明能够使用其所在行星的所有能量,II型文明能利用它所在行星围绕的恒星的所有能量,III型文明则可以利用其所在星系的所有能量。"卡尔达舍夫尺度"虽然并没有科学依据,但被后世广泛应用于各类科幻作品中。

时至今日,搜索地外文明的计划依旧如火如荼地进行着。无数的天文学家和科幻爱好者也在不断畅想:如果地外文明真的存在,将会与人类碰撞出怎样的火花?

地外文明是否存在,也是一个让大家热衷千年,谜一样的问题。人们总是赋予遥远的未知事物各种人格化的想象,来抵消对陌生的恐惧感。从数学的角度来看,外星文明与人类社会接触的可能性始终存在。就概率而言,宇宙中有数以亿计的星系,每个星系又包含数以亿计的恒星和行星,庞大的规模甚至让数字失去了意义。这很难不引起人们对地外文明的遐想。而在时间的尺度上,就人类目前探索的结果而言,宇宙的历史极为久远。如果存在地外文明,相较于人类文明短暂的历史,他们可能已经存在了数十亿年。这些因素都让人类在一无所获的情况下,仍不断开展搜寻地外文明一类的计划。

先假设地外文明真实存在,且拥有足够高的科技水平能与人类接触,那么会发生什么呢?

地理环境塑造生物形态,外星人的生物特性很可能与人类有所差异,进而导致其社会形态、文化、政治及伦理道德都与人类文明完全不同。乐观来看,

**去追溯 去揭秘**

若地外文明比人类文明更先进，并且愿意与我们进行进一步的交流，那么他们的科技可能会彻底改变我们的社会，从能源到医疗，从通信到太空探索，皆会迎来巨大的进步。

理想很丰满，现实却没有这么简单。纵观历史，无论是哥伦布发现新大陆，还是西班牙与阿兹特克文明的相遇，这些事件无一不在揭示一个残酷的事实：不同文明一旦发生接触，其结果对于弱势的一方来说很可能是毁灭性的。科技水平更高的文明往往会从本地居民手中肆意掠夺资源，并在白骨之上建起己方文明的灯塔。当不同文明相遇的背景被放大至宇宙中时，其结果如何是人类目前很难预知的。

**在思想实验中，实验室理性仍在，但思考不全是。**

当然，无论关于地外文明的猜测有多丰富，想象都终归是想象。科幻小说为读者提供了更加具体和鲜活的可能性，《三体》也不例外。在《三体》中，红岸基地是涉及地外文明的重要设定之一。它不仅为书中的角色提供了诸多合理性，更给读者留下了无限的想象空间。

## 一场关于全人类的思想实验

射电望远镜——红岸基地不仅是20世纪六七十年代军备竞赛、探索宇宙的象征之一,更是书中开启叶文洁人生转折的一把钥匙。刘慈欣在大兴安岭的这座山峰上为读者设置了一场关于全人类的思想实验。

书中作为统帅的叶文洁,青年时期在失去中度过,来到林场后,又遭受了本以为是同类的人的背叛。面对人生的苦难,她只有将内心紧紧封闭起来。在她最无助的时候,是红岸基地接纳了她,是她的学识救了她。在红岸基地,经历诸多痛苦的叶文洁得以将全部精力投入科研,并在科研中找到平静。这种被知识改变命运的经历深深影响了叶文洁。同时,跌宕的经历让她意识到"在疯狂面前,理智是软弱无力的"。于是,在面临抉择的时候,她选择通过引来地外文明,以其更先进的技术帮助地球摆脱资源的争抢,实现更道德的人类社会。这不仅是叶文洁对自身观念的一场印证与实践,更是她选择在地球上开启的一场思想实验。

社会学上,叶文洁或许可以被归为"技术决定论"流派的簇拥者。托尔斯坦·凡勃伦(Thorstein Veblen)于1929年在其著作《工程师与价格制度》(*The Engineers and the Price System*)中首次提出了"技术决定论"。其理论分为两个分支:强技术决定论和弱技术决定论。强技术决定论是一种极端的技术决定论,认为技术是决定社会发展的唯一因素,否认或低估社会对技术发展的制约,其代表是奥格本学派。弱技术决定论则认为技术产生于社会,又反作用于社会,即技术与社会之间是相互作用和影响的,所以也被称为社会制约的技术决定论。

技术决定论顺应了众多西方科技发展的轨迹,在20世纪60年代前被广大社会学者认可并延展,直到80年代,人们开始对技术决定论进行批判反思,探讨社会对技术的影响,社会建构论逐渐成为主流。

美国学者怀特曾这样描述技术决定论:"我们可以把文化系统分为三个层次……这些不同的层次表明了三者在文化过程中各自的作用。技术系统是基本的和首要的,社会系统是技术的功能,而哲学则在表达技术力量的同时反映社会系统。因此,技术因素是整个文化系统的决定性因素。它决定社会系统的形式,而技术和社会则共同决定着哲学的内容与方向。当然,这并不是说社会系统对技术活动没有制约作用,或者说社会和技术系统不受哲学的影响。事实恰恰相反。不过制约是一回事,而决定则完全是另一回事。"

2023年人工智能技术的爆发,让这一流派重新进入大众的视野。历史好像是一个循环,人们每次面对新技术带来的生产关系的变化时,反应都有着惊人的相似之处。人们幻想着技术带来社会结构的变化,有人叫好,有人唱衰,但不可否认的是,大多数人都在急切地加入这一场变化中。或许这也是《三体》能持续被大家关注的原因之一,人们时隔多年还能在阅读中联想到现实生活。

科技发达与否能决定道德的高低吗?答案如果是肯

《三体立体书：红岸基地》
基地建筑示意（局部）

定的，那么齐家屯的村民就不会在叶文洁难产时争相献血。如果知识会带来绝对的良知，那么曾经参与迫害的三个女孩儿便应在叶哲泰的墓前痛哭流涕，绍琳也会来向叶文洁道歉。叶文洁的经历完全颠覆了她年轻时对科技与道德关系的判断。此时的她才后知后觉，科学素养并不能决定一个人或群体是否有道德；道德也无法成为评判事物的唯一标准。在这一前提下，人类真的需要三体文明吗？

叶文洁点燃了火，却再也控制不了它。没有人知道，当叶文洁耗尽生命最后的能量爬上雷达峰，倚靠红岸基地遗址望向齐家屯和壮丽的落日时，是否会想起二十多年前按下按钮的那个午夜，又是否感到一丝后悔呢……

时过境迁，冷战早已结束三十余年，轰轰烈烈的宇宙探索潮流也随着时代的洪流而向前。如今，人类几乎踏遍了地球上的每个角落，科技的发展甚至超越了一些科幻小说的描述，但小说里波澜壮阔的史诗并未随之出现。多数人仍被现实的引力拉扯，不得不聚焦于脚下的路。在这个时代，反思人类自身的问题似乎成了科幻作品的主要方向之一——与其向外探索，不如先踏实地走好脚下的路，小心摔跤。

但除了低头思考，我们终究还是需要抬起头，去仰望星空。

太空探索的科技成果已悄然渗透至我们日常生活的方方面面。脱水蔬菜、运动鞋气垫、心电监测仪等生活中常见的物品都是航天技术发展的产物。阿瑟·克拉克等知名科幻作家的著作，如《2001太空漫游》《星际迷航》《机动战士高达》，也无不在向我们展示太空竞赛时期人们对宇宙的瑰丽想象，更对后世的一众文艺作品产生了巨大的影响。毫不夸张地说，若人类未曾踏上太空探索的征途，如今的社会将大不一样。

让我们回溯到几十年前。1977年8月19日，俄亥俄州立大学的射电望远镜捕捉到了一个前所未有的高强度信号，这是人类历史上接收到最像地外文明的信号。发现这段信号的人是天文学家杰里·埃曼。由于过于惊讶，他当时在信号旁边写下了"Wow"（哇哦）来表示自己的心情。这段信号因此得名"Wow信号"。遗憾的是，由于地球的自转，当时这个射电望远镜只能收到连续72秒的信号。因此，该信号只持续了72秒。在此之后，尽管无数天文设备对准了信号来源的方向，却未能再捕捉到任何蛛丝马迹。直至2022年，盖亚卫星将信号源头锁定在距离地球约1 800光年之遥的人马坐星系。面对这个距离太阳系最近的恒星系之一，人们的想象力被彻底激发：那里是否存在类似地球的行星？上面是否孕育着发达的文明与丰富的生物？这些生物也是碳基生物吗？他们的社会结构如何？科技水平又达到了怎样的高度？可以说，关于宇宙探索和地外文明，还有无数的问题等待着人类去探索。但在当前的科技条件限制下，我们还无法随心探索星海，只能在脑海里尽情畅想了。

看似遥不可及的太空探索，却能切实地影响我们的日常生活。人类的历史，正是建立在前人不断探索和发现的基础之上。对宇宙的探索，也会是人类发展的必然。在我查阅资料时，手机上正弹出一则新闻：中国的探月行动已圆满落幕，"嫦娥六号"成功带回了月球背面的土壤样本。此刻，人类的步伐再一次向前迈出，印在了月背之上。

在文明发展到一定程度时，生物难免会对头顶的天空产生好奇心。为了弥补好奇心与现有能力之间的鸿沟，科幻便由此诞生。或许，在当前的某些时刻，社会氛围似乎少了些往日的激昂与进取。但只要科学还在发展，人类探索的脚步还在前进，我相信，在未来，即便我们无法亲眼见证，人类也终会踏出地球，走出太阳系，迈向更广阔的宇宙。

我们的征途，是星辰大海。

✡ 齐家屯

# 红岸基地简历

前文提到了在《三体》的世界观下建立红岸基地的必要性，也讨论了其对小说人物的重要意义。那红岸基地具体是什么？我姑且将其概括为：1966年，在大兴安岭地区的一座山峰上，由中国建立的一座巨大的射电望远镜，以此来发射、监听和解码宇宙电波。

## 职责与功能

一种用于接收宇宙深处电磁波信号的设备——射电望远镜。

1. 射电望远镜的工作原理与光学望远镜类似：先接收宇宙中的电磁波，再通过内部上千块镜面进行精准的镜面反射，最终使其汇聚到一个共同的焦点。由于球面和旋转抛物面更容易实现同相聚焦，因此大部分的射电望远镜为球面或抛物面结构。

这便是为什么叶文洁对红岸基地的第一印象是一面巨大的抛物面天线。

2. 射电望远镜捕捉的是来自宇宙深处的无线电波，而非可见光。这一特性为射电望远镜提供了穿透尘埃云的能力，为科学家们提供了更多宇宙中的信息，例如脉冲星、星际气体和星系团等。因此，相较于光学望远镜，射电望远镜在选址和运行环境方面具有更为严苛的要求。

## 运行难度

**1. 各类电子设备**

干扰射电望远镜工作的不仅仅局限于常见的无线通信技术（卫星通信、雷达、移动通信、广播电视）和个人电子设备（智能手机、数码相机等）。实际上，任何电子设备，包括辅助望远镜进行转向的电机、天文台内部的摄像头、电脑甚至空调遥控器，都可能成为潜在的干扰源。

**2. 自然气候条件**

云层与降水不仅会吸收和散射电波，大气中的水汽含量也会对射电波的传输效率产生直接影响。强风也可能引发望远镜结构的轻微变形或震动，从而进一步降低观测的精度。

由此可见，无论是人类活动产生的电子辐射，还是自然气候造成的波动，都不可避免地会干扰射电望远镜的观测工作。因此，在选择射电望远镜的建造地址时，必须极为审慎，以确保其能够处于一个相对纯净且稳定的观测环境中。

## 客观基础

### 背景设定

设定中，红岸基地坐落于我国东北大兴安岭地区，这一区域的总面积约36万平方千米，平均海拔约1200米，拥有良好的观测环境。同时它横跨吉林省、黑龙江省和内蒙古自治区，是全国最大的森林地区之一，也是东北地区的一道天然屏障，拥有足够大的建造场地。大兴安岭地区的冬季漫长寒冷，夏季短暂温暖，年平均气温为 –4~ –2℃，年最低气温甚至可达 –40℃以下，气候相对干燥，对射电波的传输极为有利，而人迹罕至，则降低了人类活动产生的电磁波对射电望远镜观测的干扰。

### 实际情况

事实上，在小说中提到的20世纪60年代，想在大兴安岭深处建设一个以射电望远镜为核心的观测基地可谓是困难重重，甚至是一个不可能完成的任务。

#### 自然条件角度

大兴安岭的气候条件过于苛刻，特别是北部的漠河、洛古河区域，每年冬季长达7个月以上，平均温度在 –28℃，加上广泛分布的多年冻土，都使施工与设备维护工作成为巨大的挑战。同时，大兴安岭地处偏远，地势又多为山地丘陵，这虽然有利于减少人为的电磁干扰，实现"无线电静默"，但也极大地限制了这一地区交通基础设施的发展。1966年想要将大型设备和建筑材料运抵山脉深处并展开建设，其难度可想而知。

#### 工业基础角度

彼时的中国刚刚经历三年困难时期，百废待兴。基本的工业生产能力尚显薄弱，更别提"射电天文设备的研发与制造"这种高精尖技术了，与之相关的专业人才自然也十分匮乏。在这样的背景下，生产射电望远镜所需的高精度工程零件和大型机械结构设备无疑是一项艰巨的任务。全球大多数射电望远镜倾向于选址在平坦地带，以控制建设成本。而小说中的红岸基地，被构想为矗立于陡峭悬崖之上的射电望远镜。在20世纪60年代的中国，资源很难适配其建造的复杂性与成本。

#### 现实角度

虽然20世纪60年代的中国想要在大兴安岭建设射电望远镜几乎是不可能完成的任务，但在那个时代，东北地区作为"共和国长子"，拥有相当雄厚的工业基础和丰富的科研人才储备。纵使千难万难，当时的东北仍是中国最可能建出射电望远镜的地区之一。于是，《三体》赋予了大兴安岭这种可能，使其成为连接现实与虚构的桥梁，赋予了这片黑土地一份特殊的意义。

0187:00:12

### 领域突破

时至今日，射电望远镜已从遥不可及的梦想变为现实。1986年，我国在上海率先建立第一个射电望远镜。新疆南山、北京密云、上海天马等地紧跟其后。2016年，我国自主研发的500米口径球面射电望远镜（简称FAST，又称"中国天眼"）横空出世，标志着我们在射电天文领域实现了从追随到引领的历史性跨越。

不要回答：红岸

— UNVEILING THE SECRETS OF RED COAST —

# 红岸基地

揭秘问答

作者 / 左肖雄

**Q：想要确定接收的信号是不是来自地外文明，除了射电望远镜这样的接收装置，还需要什么设备呢？**

A：除了巨大的反射面天线用于聚焦电磁波，还有许多重要设备，比如把电波转换为电压的馈源、可以放大信号以及混频等的前端接收机，以及按照需求选取的数字后端。要想确定接收的信号是否源自地外文明，射电望远镜往往会使用高频率分辨率的数字后端。天体的自然信号往往频率展宽更宽，因此科学家们认为地外文明如果想引起它的听众注意，应该使用非常窄的信号。

"中国天眼"及世界上其他主流的射电望远镜使用的SERENDIP类型的终端具有极高的分辨率，产生的数据量也极其巨大，所以需要实时处理，然后丢掉背景的辐射，只保留疑似信号，或者说，研究者们更关心干扰中的疑似信号。

除此之外，我们还需借助一系列辅助设备与技术，比如信号处理系统（复杂的信号处理算法和高性能计算机集群）。高性能计算机集群与数据存储与管理系统负责存储并处理望远镜的海量数据。天线控制计算机则负责控制天线俯仰和方位的驱动，使得天线准确指向和跟踪天体目标。

同时，光学、红外、X射线或γ射线的望远镜或天文卫星可用于协同观察，判断信号的来源和多波段对应体。人工智能算法也可以帮助筛选和分类数据，提升信号识别的效率。所有这些设备和技术协同工作，构成了搜寻地外文明的复杂体系。

**Q：** 2019年，历史上第一张黑洞照片被人类绘制出来，这好像就是射电望远镜的功劳。但射电望远镜似乎只能接收电磁波，不能像光学望远镜一样收集可见光，那黑洞的照片是怎么来的呢？

**A：** 2019年公布的第一张黑洞照片实际上是由一组射电望远镜组成的网络——事件视界望远镜（Event Horizon Telescope）所捕捉的。它并非由单个望远镜完成，而是全球多个射电望远镜的联合观测项目。通过甚长基线干涉测量（Very Long Baseline Interferometry）技术，这些分散在地球各处的望远镜可以协同工作，形成一个地球直径大小的"虚拟望远镜"。这种技术极大地提高了观测的分辨率，使科学家们能够探测到黑洞周围的事件视界——光线无法逃脱的临界区域。

然而，黑洞本身不发光，也不会反射光线，因此不可能直接看到黑洞。周围存在一个被称为吸积盘的物质环，当这些物质被黑洞的强大引力加速至接近光速时，会释放出巨大的能量，其中包括大量的射电波。事件视界望远镜正是通过捕捉和分析这些射电波，构建出了黑洞边缘的图像。

具体来说，事件视界望远镜收集的数据经过复杂的计算机算法处理，将来自不同望远镜的信号对齐并组合，最终生成了黑洞阴影的图像。这个阴影实际上是由黑洞的事件视界造成的，它阻挡了背景星系发出的射电波，形成了一个明显的暗区，而环绕这个暗区的明亮环则是由高速旋转的热气体所发射的射电辐射形成的。

**Q：** "红岸基地简历"中提到，任何无线电波都会对射电望远镜的观测产生影响，那现在的科学家们是怎么消除这些影响的？

**A：** 首先，选址至关重要，射电望远镜通常建立在偏远地区，远离城市和工业区，以避开人类活动产生的电磁波干扰。政府也会设立无线电静默区，限制周边地区的无线电波发射，保护射电望远镜免受本地居民生产和生活的干扰。

技术方面，射电望远镜装备有先进的滤波器和信号处理系统，能够识别并排除一些干扰信号。数据处理软件利用复杂的算法进行频谱分析，剔除射频干扰，突出真实的天体信号。

观测手段上，我们也可以通过多次重复观测来识别和剔除非天体信号。如果是瞬时信号，可以借助国际合作与其他观测设备交叉验证。

随着人工智能和机器学习的发展，自动识别和排除干扰信号的能力正在不断提升，这进一步提高了射电望远镜的观测效率和数据质量。

**Q:** 想去类似红岸基地这样的射电天文台工作,需要具备什么样的素质?

**A:** 想要在类似红岸基地这样的射电天文台工作,无论是科学研究还是技术支持,都需要具备一系列专业技能和综合素质。以下是一些关键要素。

**深厚的学术背景:** 通常需要拥有天文学、物理学、计算机科学、电子或者机械工程等相关领域的高等学位。博士学历在科研岗位上尤其受欢迎,硕士或学士学位持有者则可能更适合技术或支持岗位。在读本科生也请不要灰心,天文台很欢迎相关专业的同学来实习,有近距离接触天文学家工作的机会!

**专业知识:** 对基础天文知识、射电天文学原理、射电望远镜构造、信号处理和数据分析有深入理解。熟悉天体物理学、统计学、编程语言(如Python、C++)和天文数据处理软件也是必备能力。

**技术能力:** 掌握射电望远镜的操作与维护,了解射电天文观测技术,能够进行设备调试和故障排查。对于工程师来说,熟悉电子电路设计、信号传输与接收原理、软件开发和网络架构是基本要求。

**研究与创新能力:** 能够独立设计和执行科学研究项目,提出创新的理论或技术解决方案,以及撰写高质量的科研论文或专利报告。

**团队协作精神:** 射电天文台的工作往往需要跨学科团队的密切合作,良好的沟通技巧、团队合作意识和领导力对于推动项目进展至关重要。

**适应性与耐心:** 射电天文观测可能需要长时间的等待和数据积累,能够承受压力,保持耐心和专注是必不可少的品质。

**健康体魄:** 射电望远镜往往位于偏远或高海拔地区,适应艰苦的自然环境,具备良好的身体素质对于现场工作尤为重要。但注意,并不是所有的射电工作人员都需要驻站观测。

**国际视野:** 射电天文学是全球性的科学事业,掌握至少一门外语,具备跨国合作和交流的能力,能够参与国际会议和项目是加分项。

**Q：射电望远镜作为高科技仪器，会不会很"娇贵"？它的维护工作都有哪些？**

**A：** 射电望远镜作为精密的高科技仪器，确实需要细致周到的维护，以确保其最佳性能和长期运行。维护工作主要包括以下几个方面。

机械结构维护：射电望远镜的大型反射面和支撑结构需要定期检查，防止其腐蚀和磨损，及时更换有问题的部件，确保其能够精确指向天空中的目标。这可能涉及使用"蜘蛛人"等特殊装备进行高空作业，以清洁和涂覆防护层。

电子设备维护：接收器、放大器和其他电子组件需要保持在适宜的温度和湿度条件下，以避免信号失真。定期检查和校准这些设备是必要的，以确保信号接收的准确性和灵敏度。

数据处理系统维护：射电望远镜产生的数据量巨大，需要强大的计算和存储设备。这些系统需要持续监控和维护，包括软件更新、硬件升级和数据备份。

环境监控与保护：射电望远镜通常位于偏远地区，以减少人为干扰，所以维护工作还包括监控周边环境，如确保排水系统畅通，防止雷电冰雹天气损害设备，以及维护"电磁波宁静区"，减少外部射频干扰。

故障检测与修复：通过定期的系统检查，及时发现并修复潜在的故障，如液压促动器振动、钢索疲劳等问题，并防范电子设备自身产生额外的射频干扰，以维持望远镜的可靠性。

射电望远镜的维护是一项复杂而细致的任务，涉及多学科的知识和技能，需要专业的团队和先进的技术作为支持。

**Q：我发现很多射电望远镜的名字前后都会加上"阵列"两个字，阵列是什么意思呢？**

**A：** 在射电天文学中，"射电望远镜阵列"是一种将多个独立的射电望远镜组合起来工作的系统。这种配置允许天文学家对各个望远镜接收到的信号进行干涉，从而显著提高观测的角分辨率。

射电望远镜阵列的工作原理基于综合孔径技术，可以把多个口径比较小的望远镜综合成一架大的望远镜。每个单独的望远镜（阵元）捕获来自天空同一方向的射电信号，通过精确测量和比较这些信号到达每个望远镜的时间延迟，可以等效出一个更大的单口径射电望远镜，从而解析出更多的细节。马丁·赖尔也因综合孔径技术的发明获得了1974年诺贝尔物理学奖。

阵列中的望远镜的基线（即望远镜之间的距离）越长，能获得的图像分辨率也就越高。子镜的数量越多，观测时间越长，望远镜在空间上的采样就越好。所以说，望远镜干涉阵通常由数十个小望远镜按照一定的排布方式组成，借助地球自转覆盖天空中的目标区域。

射电干涉技术的难点有很多，比如如何精准地控制每台子镜的时间延迟，天线如何排布观测最佳，为此计算机需要进行巨量的相关计算，以及更加烦琐的后期数据校准工作。

总之，"阵列"意味着多台射电望远镜协同工作，科学目标与单天线是类似的，可以协同观测宇宙中的射电源，以便更清晰、更详细地研究天体。

# FROM FICTION TO REALITY

映入现实

# 宇宙联络器盘点

## A REVIEW OF COSMIC COMMUNICATORS

作者 / 孟新河

## 红岸基地
## 能在现实中找到吗？

在小说《三体》中，身为"红岸工程"的技术骨干，叶文洁利用红岸基地巨大的抛物面型射电望远镜发射了人类历史上朝向宇宙的第一声啼鸣，并在 8 年后收到了来自三体文明的回复。在小说的设定里，这个代号为"红岸"的工程，是一座拥有最高密级的国防设施，一直秘密地探索着来自宇宙的高智慧未知文明，直至荒废。

小说里的红岸基地具有基本的接发、记录、储存、处理信息的能力，现实世界中究竟有没有类似的工程？除了人造飞行器携带的记载着人类文明的镀金光盘等发往外太空的信息载体，现实世界里有没有类"红岸基地"？答案是肯定的。从 20 世纪 60 年代苏联科学家发送了人类历史上第一个针对外星文明的无线电广播——莫尔斯信息开始，地球人类已经利用无线电广播通信和射电望远镜技术对外发送了几十次探索信息，也接收到许多至今难解的神秘信号！

射电望远镜观测到的蛇夫座ρ星
图源：NASA

20世纪30年代，美国无线电工程师卡尔·吉德·央斯基发现了发射自银河系中心的无线电波，这一发现标志着射电天文学诞生。在其后的20多年里，人类开始了对地外文明的探索。

时间到了20世纪60年代，美国的天文学家正式提出了"奥兹玛计划"——来自康奈尔大学的天文学家弗兰克·德雷克想要搜索太阳系附近外星文明信号。这个实验利用了一台26米口径的射电望远镜发射波长21厘米的无线电波，该射电望远镜位于西弗吉尼亚州。该计划也是人类有史以来第一次正式利用射电望远镜来探索地外文明。

在这项计划中，德雷克提出了一组发现地外智慧的由多因素起作用的定量公式——德雷克方程（Drake equation），该公式涉及的变量也是今天人类寻找地外智慧和文明生物时必须考虑的几个重要因素。"奥兹玛计划"曾两次获得美国国家科学基金会的拨款资助。然而不幸的是，在20世纪70年代，美国国会议员因为冷战计划要优先考虑太空竞赛工程，停止了对此项目的拨款资助。

德雷克方程，是一组测量银河系内可以和我们接触的外星文明数量的方程式，用以推算银河系及可观测宇宙中能与我们进行无线电通信的高智能文明数目。该定量公式表述了多个重要相关因子相乘才能得到发现地外智慧的概率值。

在德雷克方程提出的时代，科技并不像现在这样频繁迭代，更没人能料想到，人类发明制造的人工智能这么快就拥有了部分超出人类的能力。

然而"奥兹玛计划"的一无所获也证明了，当时科学家高估了监听到外星文明信号的概率，现实世界永远比纸面上的理论推导复杂得多。寻找、发现地外文明还需考虑其他因素，比如太空文明距离远近和人类通信传播运动速度；测光技术提升后对极其暗弱信号的识别和提取，尤其是生命体有机（大）分子呈现出的谱学特征；对微弱电磁波和引力波谱学的来源信号精细分析；等等。这些是当前和将来较长一段时间要完成的课题。

# 德雷克方程
## Drake equation

$$N = R^* \times F_p \times N_e \times F_l \times F_i \times F_c \times L$$

**每个变量代表的含义如下：**

**N** 代表银河系内可能与人类通信的文明数量。

**R*** 代表银河系恒星形成的平均速率。

**Fp** 代表恒星拥有行星的比例。

**Ne** 代表每个新星系中类地行星的数量。

**Fl** 代表至少有一颗行星适合生命居住的概率。

**Fi** 代表生命进化出高级智慧生命的概率。

**Fc** 代表高级智慧生命能够进行通信的概率。

**L** 代表科技文明存在的时间在行星生命周期中占的比例。

寻找地外文明作为整个人类文明的大项目，在近20年里取得了许多历史性进展。在被动监听的基础上，科学家们开始尝试主动出击，而最先吃螃蟹的人，还是弗兰克·德雷克。在20世纪60年代，由康奈尔大学与美国空军研究实验室合作建立的阿雷西博天文台落成，这里有着曾是世界上最大的单口径射电望远镜的阿雷西博望远镜。1974年，阿雷西博望远镜向距离地球22 000光年的武仙座M13球状星团发送了一串由1 679个二进制数字组成的信号，告诉"武仙座"里可能存在的智慧生物有关太阳系，氢、碳、氮、氧、磷5种重要元素，人类生命形式，人体形状和高度，地球上的人口等信息，史称"阿雷西博信息"。电报是用二进制的系列脉冲写的，以每秒10个字的速度发出，以光速传播，到达目的地需要大约2 400年。信息还在太空旅行中，但即便他们收到后立即给我们回电，地球人也要在大约4 800年以后才能收到。在"黑暗森林"法则之下，这是人类尝试联系地外文明的一大壮举。

阿雷西博望远镜的另一个重大成就是发现了脉冲双星，这为射电天文打开了一片新天地，成为后来人类开展射电天文搜寻的标杆。在基础科研方面，罗素·赫尔斯和约瑟夫·泰勒利用其多年记录的轨道数据验证了广义相对论正确性，并间接证明引力波存在，两人因为取得的成果在1993年获诺贝尔物理学奖，并让人类坚信引力波存在。同期，苏联包括现在的克罗地亚科研基地也多次利用射电天线向太空发射有意义的智慧人类信号，尝试和地外文明联系。

2016年，人类第一次直接探测到了两个黑洞缠绕产生的天体引力波，开创了人类认识广阔无垠宇宙的新途径。截至2024年2月底，人类已经发现了近100个天体引力波实例，包括由两个中子星互相缠绕旋进并产生携带丰富信息的天体引力波信号。

进入走向星辰大海新时代，中国射电天文领域也不甘落后，首先建立了几个太阳射电观测站，后来因为载人登月工程和火星探测任务，建成和持续建设了数个射电望远镜，中国天眼FAST就是著名代表之一。那么它们是怎样作为或将来如何被当作现代版"红岸基地"，从事更有挑战性的工作的呢？

阿雷西博望远镜

## 1 中国平塘县FAST

*中国天眼*

中国天眼（FAST），全称为"500米口径球面射电望远镜"（Five-hundred-meter Aperture Spherical radio Telescope），是中国科学院国家天文台在贵州省平塘县建设的射电望远镜。FAST是目前世界上最大的单口径射电望远镜，该望远镜口径达500米，面积约30个足球场大小，也是世界上最灵敏的射电望远镜之一，于2016年9月建成，并于2020年1月正式投入使用。

大科学工程FAST的建设充分利用了贵州平塘县天然的喀斯特地貌，采用球面反射式设计，由5 000多块铝钢合金制反射面板组成，总重量约为3万吨。它的口径为500米，是目前世界上最大的单口径射电望远镜，其灵敏度是阿雷西博望远镜的10倍。

FAST主要用于研究宇宙中的脉冲星、中性氢、快速射电暴和寻找暗物质、探索暗能量物理本源等。它已经发现了数百颗脉冲星，并记录了大量的快速射电暴数据，尤其是对重复性快速射电暴爆发数据的记录，对理解快速射电暴起源发挥了关键作用。此外，FAST还为研究宇宙中的暗物质和暗能量提供了丰富数据。FAST是我国正式加入国际"聆听宇宙"计划、搜寻地外文明的世界第一大口径的射电望远镜，已经取得了许多激动人心的科研成果，例如，截至2024年2月，FAST已经发现了近900颗脉冲星。FAST的升级版FASTα正在立项，扩大综合口径提升发现射电源效率，未来可期！

*接收信号示意图*

030　不要回答：红岸

为什么要在月球上建立天文观测基地，尤其是建立低频长波射电望远镜？其中一个关键原因是，低频长波波段探测要求必须有极低的电磁干扰背景。另外，月球上的天文观测基地可以作为人类观测研究天文的中继站，这也是为后人从地球到月球，再走向星辰大海所做的第一步。

## 2 中国－俄罗斯国际月球科研站

我们知道，月球是距离我们最近的自然天体，在大约38万千米之外已经绕地球运行了40多亿年。月球被地球潮汐锁定，导致只能有一面正对着地球，因此月球背面就成为地球的保护伞。大量的天体疯狂撞击月球，也让月球背面拥有大量的撞击坑，类似于地球上喀斯特地貌的天坑。可以想到，经过人类技术的不断进步和人力物力的大量投入，现代基建改造可以在月球表面建成口径不同的"天眼"，不同规格的射电望远镜共同组成人类历史上真正的月基天文科学研究站。纵观已经建成的射电望远镜，回想地球上建造的约300米口径的阿雷西博望远镜和中国FAST工程的发展历程，这个月球科研站建设计划目前也许是人类科技史上最宏大的梦想和追求了！

在月球背面建立射电观测站从而避免太阳和地球电磁干扰的愿景，得到中俄两国政府的支持。两国在全世界的见证下正式签约，共同规划、设计、投资、建设。先不说科学目标和建设费用，单是想象在投入建设后有多少项人类地月往返技术需要突破，其困难程度就不容小觑——这或许将是人类科技工程的前沿。考虑到将面临许多新挑战，计划50年的建设周期并不算长；当然，我们也能预见到未来会不断有更多有追求的国际组织和国家机构参与进来，将它变成名副其实的国际月球科研"红岸基地"，变成人类将来走向太空的中继补给站！

## 3 中国天津武清GRAS-4天线

▲ 中国天津武清GRAS-4天线

GRAS-4 天线是一架 70 米口径的高性能接收系统，由中国科学院国家天文台于 2018 年 10 月开工建设，2020 年 10 月竣工验收，2021 年 2 月 3 日投入使用。天线总重约 2 700 吨，有 10 个网球场大小，是亚洲最大的单口径全可动天线，是完成火星探测器科学数据接收任务的关键设备。其设备自重和基建地质自然沉降都控制在了苛刻的精度范围内。

GRAS-4 天线为轮轨式全可动卡塞格伦天线，工作频段为 S、X 和 Ku，采用主副反射面修正赋型技术和多频段组合设计技术，在提高天线效率的同时降低了旁瓣电平，减少了系统噪声，提高了抗干扰能力。它的建成能够大幅度提高我国深空探测下行数据的接收能力，为完成"天问一号"任务以及后续的快速射电暴、脉冲星、小行星、彗星、类星体等深空探测奠定坚实基础。这些观测结果可以为我们提供更多关于宇宙的信息，有助于我们深入探讨行星、恒星、有机大分子、地外文明和宇宙的起源、演化和命运。

在首次火星探测任务中，这架天线将首先用于"天问一号"信号的接收工作。数据接收模式由单天线接收改为多天线组阵模式，即 GRAS-4 天线与北京密云站 GRAS-1（50 米口径）和 GRAS-3（40 米口径）、云南昆明站 GRAS-2（40 米口径）等天线联合观测，以达到最大的接收性能指标。

GRAS-4 天线建成并投入使用，为我国的宇宙探索之旅打开了新的视野。这架神奇的望远镜让我们一起聆听宇宙的声音，揭开宇宙的神秘面纱。这台 70 米口径主镜和它旁边的六台十几米口径小射电望远镜陈列在一起，也构成了一个现代"红岸基地"，可以用来做太空导航，搜寻来自太空的神秘射电源，监听宇宙智慧信号，探求生命构成要素和太空文明的边界。

宇宙探索的历史总是以让后人可叹的方式不断重复着，让一代代人在前进中留有遗憾。回看人类文明，历史正是一个从局部走向整体、从回溯历史转而探求未来、从已知到未知再到已知，循环往复的过程。人们不断向未知的星辰大海发出疑问：我们是谁？从哪里来？到哪里去？从单细胞生物的产生到今天人类文明的建造，自然资源和进化给了我们资格和能力去探求地外文明。或许我们如今已经可以去探讨：生命是什么？生命由什么更一般的成分怎样构成？生命有何意义？为什么至今仅仅在太阳系边界的淡白小点上被称为智慧人类的物种才有这样的探求？这些问题深刻而又根本。

目前随着科技进步，中国现实版类"红岸基地"的基建和设备也在日益更新，探测能力、探测质量、探测速率都在变得越来越好。不仅曾经的老基地（如北京密云的射电望远镜阵列和内蒙古草原明安图观测基地）在更新探测设备，云南丽江也正在建设更大的射电天线！可以想到，在未来巨量观测数据挖掘和人工智能技术的支持下，我们人类一定有新发现！

# 射电天文学发展小史

**1931—2021**

**1931** 1931年，美国工程师卡尔·吉德·央斯基首次探测到来自银河系中心的射电波，标志着射电天文学的诞生。

**1937** 美国的无线电工程师格罗特·雷伯受央斯基启发，在他的后院建造了第一台抛物面式射电望远镜，并进行了第一次巡天。

**1946** 英国卡文迪许实验室的马丁·赖尔与澳大利亚天文学家约瑟夫·帕西、鲁比·佩恩–斯科特等人开发出了综合孔径技术，实现了第一次射电干涉测量。马丁·赖尔因此获得了1974年诺贝尔物理学奖。

**20世纪五六十年代** 射电天文学开始进入高速发展阶段，许多射电天文台和射电望远镜相继建成，如绿岸天文台（Green Bank Observatory）、美国的阿雷西博天文台（Arecibo Observatory）。

**1964** 美国贝尔实验室的工程师阿诺·彭齐亚斯和罗伯特·威尔逊在测试中发现了宇宙微波背景辐射，为大爆炸宇宙学模型提供了坚实的证据。二人因此获得了1978年诺贝尔物理学奖。

**1967** 英国天文学家安东尼·休伊什和他的博士生约瑟琳·贝尔·伯奈尔利用剑桥大学穆拉德射电天文台（Mullard Radio Astronomy Observatory）的望远镜发现了第一颗脉冲星，前者获得了1974年诺贝尔物理学奖。

**20世纪六七十年代** 天文学家们借助射电望远镜发现了羟基、氨、水、甲醛、一氧化碳等星际分子，星际分子的发现构成了天体化学的基础。

**1974** 美国天文学家罗素·赫尔斯和约瑟夫·泰勒利用阿雷西博望远镜发现了第一颗脉冲双星，为爱因斯坦的广义相对论和引力波预言提供了间接证据，二人因此获得了1993年诺贝尔物理学奖。

**1990** 20世纪90年代，随着计算机技术的发展，射电天文学开始进入数字化时代，射电望远镜的观测精度和数据处理能力得到了显著提高。

**2007** 美国天文学家邓肯·洛默里在澳大利亚的帕克斯望远镜的历史数据中发现了第一个快速射电暴。随着重复暴的探测数量增加，我们对快速射电暴起源机制的理解越来越深。

**2016** 2016年，中国建成了世界上最大的单口径射电望远镜——FAST，标志着射电天文学进入了一个新的发展阶段。

**2017** 人类第一次探测到了双中子星合并的引力波事件，全球70多个天文台，包括光学、射电、X射线和伽马射线望远镜，都投入对该事件的电磁波对应体观测中，标志着多信使天文学时代的正式开启。

**2021** 大型国际合作科学项目平方千米阵（SKA）在南非和澳大利亚开工建设，预计2027年建成低频和中频天线阵列，2029年完成验收。

作者/astroR2

# 世界构建者访谈

## 刘慈欣：科幻是未来可能性的排列

受访 / 刘慈欣
采访 / 三体宇宙

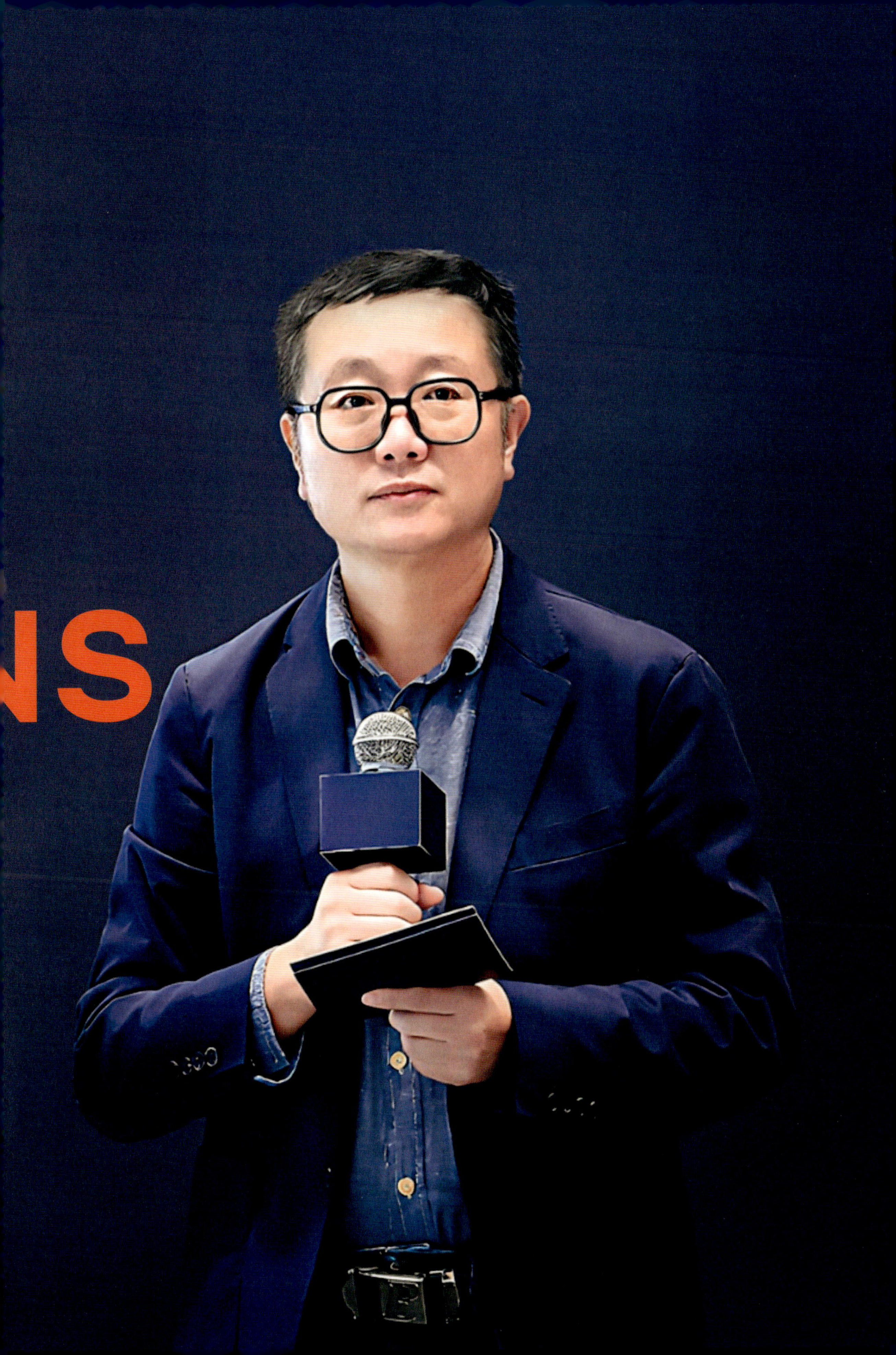
NS

从1999年第一篇科幻小说《鲸歌》的发表，到2006年《三体》的连载，刘慈欣以一种惊人的速度，在纸质出版物竞争激烈的黄金时代，吸引了广大科幻迷的视线。

《三体》的起始点源自牛顿提出的问题："三个可以视为质点的天体，在其相互之间的万有引力作用下，应该如何运动？"关于这个设问，不仅牛顿找不到答案，随后欧拉、拉格朗日、泊松等许多数学家也都无法解出这道"公式"。在"三体"系统下，长期预测变得近乎不可能。"三体世界"的特殊生态和宇宙文明发展的这一可能性，由此出现在刘慈欣的脑海中。

就连刘慈欣也没想到《三体》会有如今的盛况。当刘慈欣获得2015年第73届"雨果奖"（被称为"科幻界的诺贝尔奖"）提名时，他对获奖并不抱希望，得知出席与否并不会影响获奖后，便没有到达颁奖现场。这是一个此前从来没有任何亚洲人获得过的奖项。在当天，英文版《三体1》和刚出版的简体中文版《三体2》不仅销售一空，甚至连补货都已经售罄。全世界的科幻迷开始把目光投向这个没有听过的东方名字——刘慈欣。

当下整个世界科技飞速跃升，国家大力开展对外太空的探索、开发，在此之际，我们对刘慈欣做了一个简短的访谈，以迎接即将到来的"三体"故事发表20周年。

**Q**
您在2021年接受采访时说，科技进步在某一方面会消磨人对新奇事物的敏锐和好奇心，您如今的看法有变化吗？做些什么能帮我们保持对世界的新鲜感和好奇心呢？

**A**
科技进步其实同时具有两方面的效应，一方面丰富了人类的知识，让许多新兴的技术进入生活，另一方面开拓了更加广阔的认知领域和技术发展领域，在这些新领域中将会涌现出更多的未知和奥秘。所以，科技进步本身并不会让我们对新鲜事物麻木。如果我们去扩大自己的知识面，关注包括科技发展在内的前沿事物，就会发现等我们去开拓的新世界，大自然和宇宙中无数的神奇奥秘在涌现出来，这使得我们能够永远保持对世界的新鲜感和好奇心。

**Q**
有的人将科幻小说视为作者对未来发展的预测，有的人则认为科幻小说应该是启发大众思考未来多种可能性的引子。您更倾向于哪一种观点呢？

**A**
我更倾向于后一种观点。纵观科幻历史，科幻小说的预测并不准确。比如两部以年代为书名的经典科幻小说——《2001》和《1984》，其中描写的未来均已经成为现实，只要对照书中的描写，就会发现真实的2001年和1984年与书里的描写有许多类似。科幻小说其实是把未来众多的可能性排列出来，在不同的作品中用文学语言描述它们，让读者形成一种类似于思想实验室的科幻思维。其实，科幻作家们更热衷于描写那些看似不太可能的未来，这样可以让作品更具有可读性，但历史证明，正是这些看似不太可能的可能性中，有许多成为现实。

**Q**
人工智能、无人机、机器人……曾经只在科幻小说中出现的技术，正走进大家的日常生活中，形成一次新的工业浪潮。在科技快速迭代的时代，您觉得科幻作家面临着哪些挑战，您又是如何应对的呢？

**A**
坦率地说，这个挑战我很难应对。科技的飞速发展，以及其向生活的渗透，使其本身失去了神奇感，而这种神奇感正是科幻小说诞生和成长的重要土壤。科幻作家只能让自己的视野得到更广和更远的扩展，进一步激发自己的想象力和创新精神，创作出能够打动这个新时代的读者的作品。但做到这一点并不容易。

**Q**

科幻映入现实，影响着人们的生活和工作，甚至是青少年的职业选择。但在科技解放生产力之外，我们可以看到，有许多科幻小说描写了高科技发展后的极端社会。您觉得科技的未来走向是什么呢？是一道警示还是一扇未来之门？

**A**

我们很难精确预测科技的未来走向，如前面所说，它有着众多的可能性。但有一点可以肯定，科技的发展将彻底改变我们的生活，近年来我们已经对此深有感触，但展望未来，真正的改变可能才刚刚开始。以我个人之见，在我们可以看到的未来，使人类生活产生巨变的技术可能来自两个领域的发展和突破。其一是人工智能，它将对世界许多方面产生深远的影响，只从最容易预测的一面来说，按照现在的发展趋势，人工智能可能在越来越多的领域代替人类工作，这将对人类社会产生难以估量的影响。其二是分子生物学和人机接口，这将在人类起源后首次改变人的生物学特性。人类将借助技术直接干预自身的进化，这个技术一旦产生突破，不但彻底改变人类的生活形态，对已有的文化和社会结构造成前所未有的巨大冲击，甚至可能重新定义人类自身。

**Q**
您目前比较关注哪些领域呢，后续的创作有相关题材的计划吗？

**A**
我比较关注航天、人工智能和分子生物学领域，这三个领域的技术突破最有可能让人类文明进入一个全新的时代。关于后面的创作，有许多题材的选项都与这些有关。

**Q**
最后，想跟您聊聊我国首个国家空间科学规划《国家空间科学中长期发展规划（2024—2050年）》，这里面提到了探索地外宜居行星、地外生命探寻、时空本质等通常出现在科幻作品中的概念，美国也紧跟其后宣布正在进行相关的地外探索。在大众眼里，这与《三体》小说有着微妙的呼应，您对此是怎么想的呢？对宇宙的探索是否是文明的必然发展历程呢？

**A**
人类文明要想持续发展下去，必然要不断拓展和深化对宇宙的认识，进而在这个基础上，在太空中拓展人类的生存空间。国家空间科学规划提出的这些内容，都属于基础性的长远规划，要在这些领域取得突破，可能需要长时间、持之以恒的研究工作，但一旦取得重大突破，就将对人类文明的发展具有划时代的意义。期待能在有生之年看到这些领域取得突破，看到科幻变为现实。

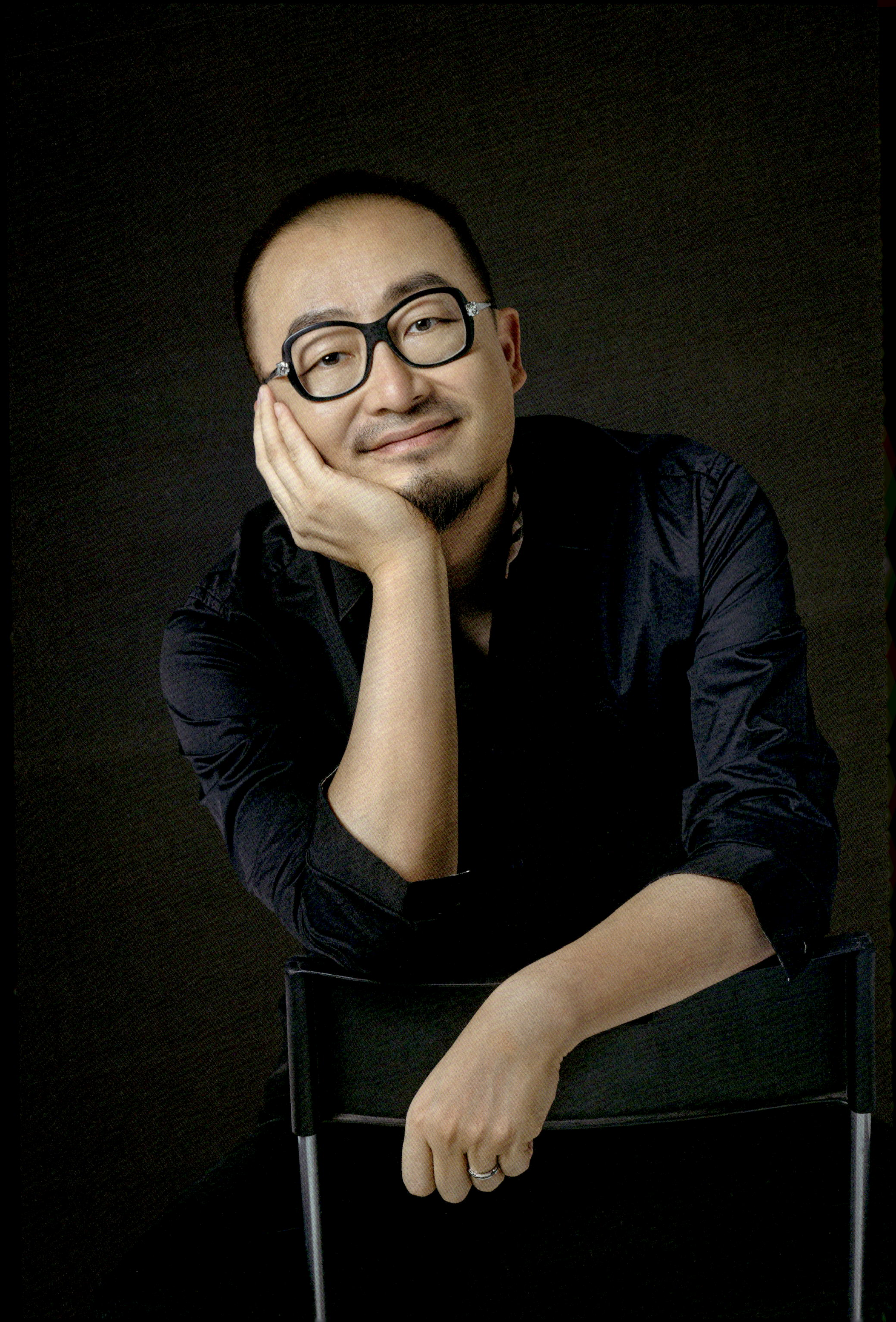

# 杨磊：
# 保持距离

## MAINTAINING DISTANCE

受访 / 杨磊　采访 / 三体宇宙　撰稿 / 蔡雅琳

小说《三体》第一部《地球往事》是非常杂糅的类型，电视剧版《三体》选择了以原著粉丝的感受为主，尽可能地还原原著的改编方向。刘慈欣曾说"好看的科幻小说应该是把最空灵最疯狂的想象写得像新闻报道一般真实"，而《三体》的一大特色正是科幻与现实的高度融合。从内核来看，原著探讨的"在信息时代，一个普通的个体能够在多大程度上破坏系统"等思想实验是基于现实，或者基于未来的可能性而写的。这使得《三体》中的故事极具现实意义。我希望用现实主义的手法来还原一部科幻小说，让观众看到能够相信的世界。

——杨磊

时逢电视剧版《三体》上线一周年，于上海细雨蒙蒙之际，我们再次见到杨磊导演。他身穿《三体》周边服装，刚结束上一场活动便赶了来这里。为了这次访谈，他特意在工作室里选了一间挂着《三体》剧照的会议室《三体》，这部制作历时近3年，拍摄足迹遍及宁波、横店、北京、黑河多地，置景270余处的电视剧，自上映至今，豆瓣评分人数已超47.6万，评分仍稳定保持在8.7。显然，这部国产科幻电视剧除获得众多业内奖项之外，也得到了市场和观众的由衷认可。在导演看来，这份成果离不开众多热爱《三体》的读者。

《三体》几乎是一部由粉丝共创的电视剧，主创人员在听到能参与其中时都非常兴奋。剧中像对撞中心、国家纳米科学中心等无法通过美术造景而复刻的科研机构，甚至也因为相关机构科研人员认可《三体》而首次向电视剧剧组开放。除了全剧组都秉持着忠实于原著和科学的制作态度，导演还迫切地想为观众塑造一个真实、可代入的环境。按他的话说："让没看过原书的观众在看完电视剧后，开始思索这件事会不会真实发生在现实中，就成了！"

在剧中，导演怀揣着现实主义的态度还原了2007年的北京和1969年的东北，为观众打造了一个真实可代入的世界。在导演看来，剧中的一切服化道都是为人物服务的。

**距离非常重要，
不仅是空间上的距离，
更是心灵上的距离。**

## 光梭里的命运

在《三体》第一部中，红岸基地是人类探索宇宙、接触三体文明的前锋和根基：命运的按钮在这里被按下，人类与三体文明的故事就此拉开序幕。它不只见证了叶文洁内心的变化，承载着科学走向不同分支的可能性，更将人性的考验推向极致。

机器运转的轰鸣，人们生活的絮语，曾是这座壮观、神秘又冰冷的基地所特有的生命力。在那段还算热闹的时间里，它是流传在当地民众口中的雷达峰，是令人浮想联翩的秘密基地。但在研究终止、相关人员接连撤出后，红岸基地便不复往日的生命力，开始走向荒凉和沉滞。我们从叶文洁带汪淼故地重游的画面中可以看到，不仅是建筑的败落，红岸基地于叶文洁而言也不再是"期待"的载体。曾经她在这里向宇宙祈求改变这个世界，而如今这里只是她经历中要仔细回忆的剪影。

是人的期盼为红岸基地赋予了别样的含义，是理智之外的情感书写了一段又一段故事。如果没有对叶文洁经历的回顾，仅看其带汪淼去红岸基地遗址的片段，我们很难想象，就是这一片年代感十足的建筑将人类推向宇宙的纷争。

同杨磊导演碰面的时候，我向他提了一个问题："您觉得红岸基地对于叶文洁、汪淼等角色来说象征着什么呢，您是否有从光影视听上刻意塑造了不同时间段的红岸基地呢？"

而杨磊导演在思索片刻后用另一种表述，重新讲了一遍这个问题："比起红岸基地在他们的人生中象征着什么，我更倾向于说红岸基地是他们经历的一部分，他们为红岸基地赋予了意义。角色心态的变化为这个场景提供了不同的视角。"

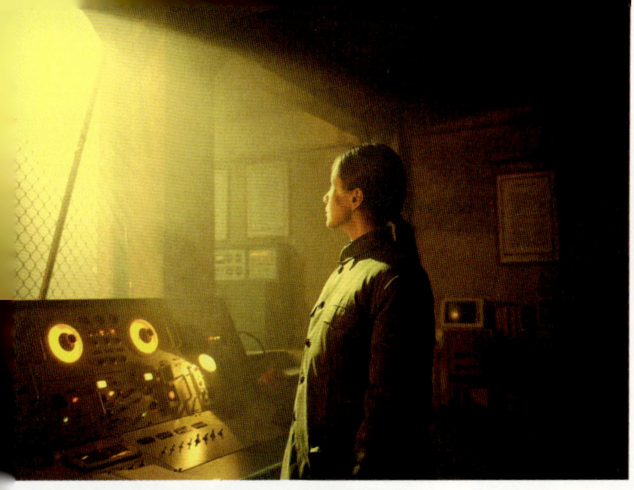
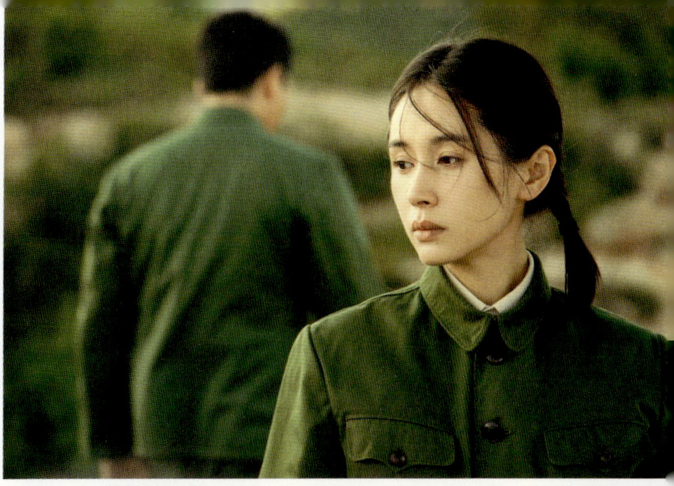
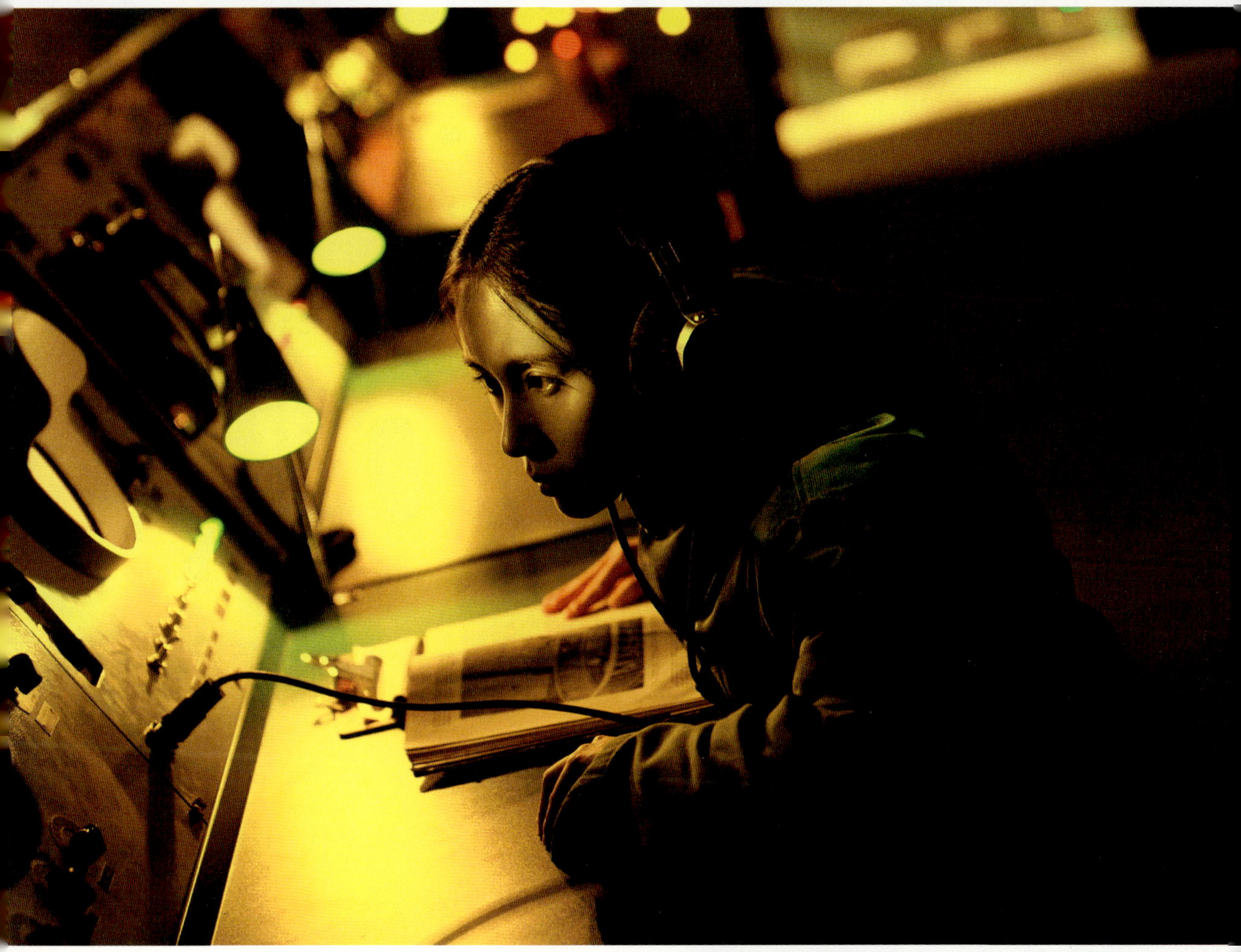
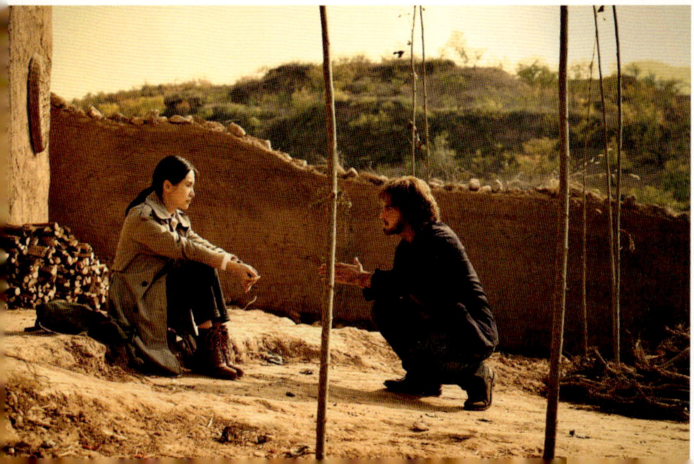
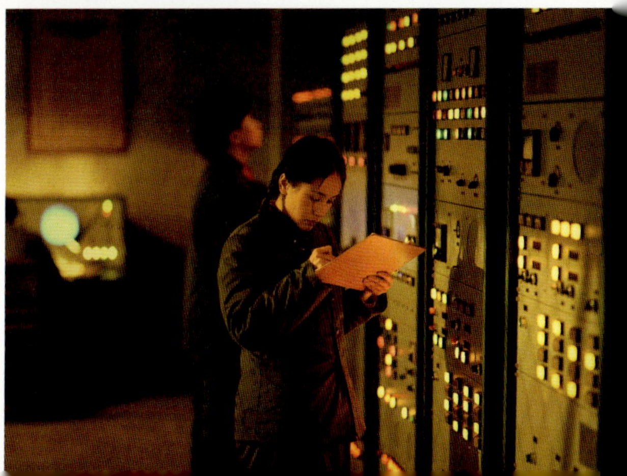

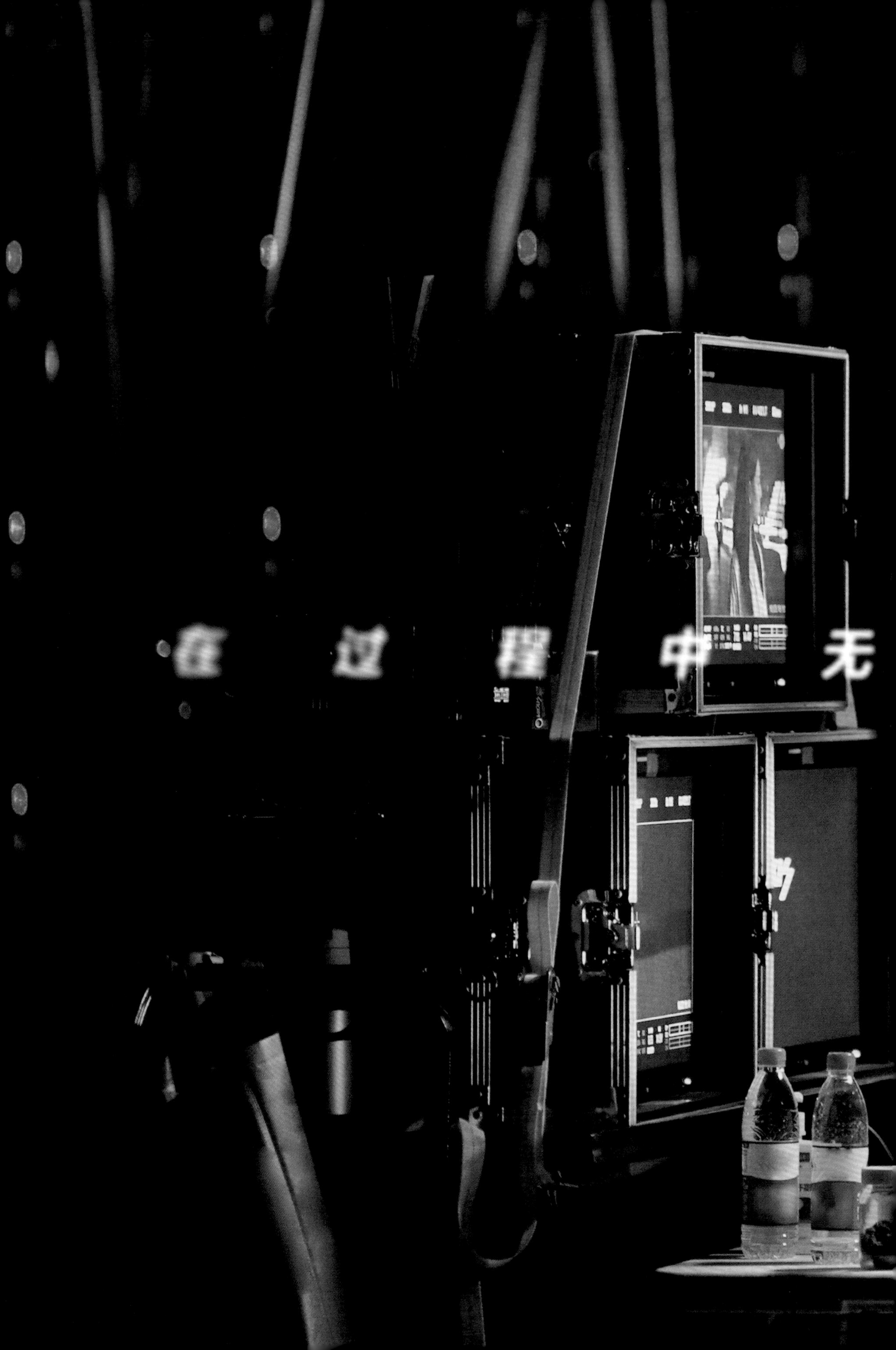
在 过 程 中 无

限接近世界

杨磊在片场

**Q**
在叶文洁向三体文明回信的剧情中，镜头直上云霄进而俯瞰红岸基地，这给了我一种掌控感，红岸基地在那一刻仿佛尽在掌握中。而看到老年叶文洁再次看向太阳的画面，则没有这种感觉了，剧中人与环境的关系变化是您特别设计的吗？

**A**
是的，我们在拍摄时是用角色的身份视角去观察、接触周围的环境的。即便布景、特效早就做好了，也不会为了展示壮观的场面，贸然让其出现。我更希望观众能跟着角色，以其实际的经历为眼睛，参与这个故事。与红岸基地相关的角色主要是叶文洁，我在拍摄这段的时候就会考虑不同时期的叶文洁是怎么看待红岸基地的。

一开始，叶文洁在兵团林场工作生活，红岸基地对她来说只是遥远的一个点，是她在大兴安岭林海里听到的一个闲谈："那座陡峭的奇峰本没有名字，只是因为它的峰顶有一面巨大的抛物面天线才得此名……连队的人只知道那是个军事基地。""在雷达峰附近的人还特别容易掉头发，据当地人说，这也是天线出现后才有的事。"所以在林场时期的画面中，红岸基地从未露出全貌。

**Q**
叶文洁信任过白沐霖，甚至信任过这片林海，可最终她认识到当一个冰块更安全。关于角色之间的关系，您是如何塑造的呢？

**A**
剧中有一个画面，她给白沐霖递信的时候两个人的手指碰了一下，告别后白沐霖还特地看了一下手指，我觉得这能在一定程度上表现他们之间的关系。白沐霖只是她复杂的一部分，叶文洁能成为统帅离不开她跌宕的经历，这并不是人生一瞬的事情。

叶文洁被杨卫宁、雷志成带到雷达峰峰顶时，她看着将基地居所衬托成积木的巨大天线，决定留在红岸基地。这时的红岸基地于她而言是一个安全所，也是一个不能过分触及的秘密。她坚持站在主控室门边，放任自己在夜色里只用听觉去感受一切。我在这个场景中铺了100多条音轨，安排了许多声音的细节。如果有机会在影院播放这段，大家或许会有更多感受。

从感性上，我会想说，
爱看太阳的人，擅长期盼。
不知道这是不是刘慈欣在选择太阳时考虑的因素之一。
但在地球接触宇宙和威慑三体人的过程中，
选择太阳作为核心确实给我带来了更多的感性冲击。

**Q**
叶文洁是从这里开始逐渐熟悉红岸基地的吗？

**A**
只能说空间距离拉近了，心理距离还远着呢。这时她还没有真正将自己视为红岸基地的人。等到她成为技术骨干，了解了红岸基地的功能和目的后才算是红岸基地的一分子。而当她没有顾忌地冲进杨卫宁的办公室，要求其接收信号的时候，她的内心便有了对红岸基地的掌控欲。直到她按下按钮的那一刻，红岸基地在青年叶文洁心里的意义落定，她可以俯瞰这里，并掌控它。画面和镜头便是根据这种距离感的变化为观众呈现的。

**Q**
**齐家屯也得算红岸基地的一部分吧,叶文洁要是早点遇到他们会更好吗?**

**A**
当然要算,但在不同的时机相遇,带来的影响也不同。如果换个相遇的时机,可能也不会有未来的叶文洁。

那个时候齐家屯的生活变好了,对未来有盼头,对知识分子是尊重且憧憬的,因此叶文洁得到的待遇会更好。如果换一个时间,即便是村民善良又淳朴,她可能也无法感受到那样浓烈的温暖。

对叶文洁来说,雷志成的反复欺骗让她再一次深刻认识到了人类的虚伪,而让她认同并坚定自己统帅身份的是无人忏悔的时刻。如果没有后面ETO(地球三体组织)的第二红岸基地,叶文洁或许不会那样深刻地感知到红岸基地对她的影响。在后面,我特地安排了老年叶文洁和青年叶文洁的时空交会画面。

**Q**

除了扣人心弦的剧情，剧中氛围感极强的光影视效也得到了广大观众的好评。电视剧是一种强感官刺激的内容表现方式。您可以讲讲您在视听影音上的处理方式吗？

**A**

对于《三体》，我是带着一种粉丝捍卫原著的心态站出来的。

◇《三体》拍摄现场

### 感官下的技巧

电视剧不能像小说那样出现大量的环境和心理描写，时长也有限制，所以我们需要在较短的时间内让观众直接、快速地领悟到书中的心理和环境描写。

声音设计：环境音、背景音、同期声……观众听到的任何一个小零件落地的声音，都是一点点码进去的。红岸基地发射的相关戏份中，所有的零件碰触的声音、风吹的声音，我们铺了将近 300 条音轨。到"古筝行动"的时候，音轨多得都找不着，从上往下扒，得有四五百条音轨。

**影像色彩：**

**红岸基地本体**

红岸基地主要出现在叶文洁这个人物成长的 20 世纪六七十年代，从进入红岸基地后如同童话般的生活到在黄土高坡遇到伊文斯时整体偏古典主义的风格，各个阶段的影像色彩都根据叶文洁的不同情绪来制作处理。

我们设计出从黄绿到蓝黑强烈的色反差，并放烟让出光束，增强破旧感，表达红岸基地的破败与其兴盛时期的对比。

在调色中，二级调色是一项重要且常用的技能。主光源来自屋子左上方透射进来的日光。我们为了把视线集中在人物表演区域，通过二级调色做了很多光区。第一，提亮光束，强调高光感。第二，压暗四周环境（地面墙壁）的亮度，以增强主体的中心感受。第三，单独为人物做影像色彩反差，强调黑白灰的关系，增强人物体积感。

△ 破败的红岸基地

关于测试的方向，其一是控制亮度和反差，整体环境需要有多亮，高光怎样呈现，暗部需要有多黑；其二是控制色光的应用，色光对于色调的形成帮助很大，需要考量饱和度用到什么程度才是最好看的。在拍摄中，使用了大量合理的光源，使得整个环境透亮，也采用了很多对比色的色光，这为后期调色提供了非常好的调色基础。我们用黄绿这组颜色来表现浪漫，把所有的高光加入柔性元素来强调梦幻。

夜戏有原光源的时候，就会强调黄绿感。没有原光源的时候，就会调成蓝冷色，强调月亮本身天光的感觉。戏里，要细分有无原光源的地方。试过将无光源的地方变成绿色，结果画面看上去很脏，便用回了本身自然的颜色。

✡ 夜戏

除了以上的基本场景，在调色工作中，人物的肤色也是一个很重要的元素。但肤色的选择更多的是要考虑环境的影响，以及故事情绪的变化。考虑到环境的影响，我们也会让肤色去匹配环境，从而更好地为剧情服务，而不是为了让人物好看而背弃了色彩辅助叙事这一个大原则。

红岸基地时期。红岸基地是叶文洁经历了父亲离世、好友背叛之后来到的第一个地方。我们希望这部分像是童话世界，既梦幻又具有浪漫主义色彩。主色调是高饱和的黄和绿，打光时也会强调这点，运用混合光源，增加色反差，但光反差不会很大。哪怕冷光源比较多，也是暖绿色，呈现一种非常童话的感觉。在前期拍摄的时候，调色师反复测试了好多场戏。

✡ 人物打光

### 红岸基地外景

红岸基地的外景回归自然感觉，从这里开始，情感基调变得温馨。虽然是阴天，画面呈现出一种水墨画的风格，但主镜头很明亮，是淡淡的很冷却很温柔的感觉。整个地方都是清爽的色调，强调叶文洁走进人生比较舒服的阶段。相对于室内高饱和的黄绿色，我们在外景的颜色上降低了一些饱和度，蓝色变成了冷灰色，在二级调色上对人物的肤色进行了单独的处理，也对天空的层次做了很多的明暗对比，使得云朵更有体积感。

红岸基地外景夜戏。第一，压暗前景下面的石壁，为石壁增加蓝色融进主色调之中，将视觉中心引导至表演区域。第二，提亮人物。第三，处理天空的明暗关系，增加云朵的体积感，拉远空间的纵深关系。

### 齐家屯

齐家屯这部分的戏是温情的，色调开始发生较大转变。前期拍摄是按照低色温拍的，到了齐家屯，画面基调为暖黄色，在画面中几乎看不到任何冷色，以表现人性的善良和叶文洁内心感到的温暖。

正是这种同时注重角色塑造和视听感受的态度，才让电视剧版《三体》不仅"活在当下"，更是"时看时新"。

✡ 外景阴天、夜戏

# 《我的三体》漫画幕后谈

BEHIND-THE-SCENES DISCUSSION OF THE COMIC
*MY THREE-BODY PROBLEM*

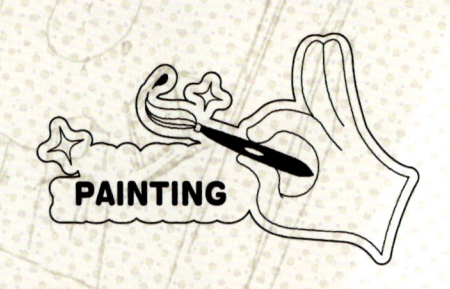

PAINTING

大家好！我是《我的三体》（简称"我三"）漫画创作团队的编辑大胆。"我三"漫画正在紧锣密鼓地进行内部创作，目前的计划是在一年内完成《我的三体》第一部的改编，也许明年就能和大家见面了。这次选择在《不要回答》上和大家见面，主要是想给大家介绍一下"我三"漫画的制作进度，也算是给我们一些小小的动力——明年和读者见面的大话已经放出去，这下想拖延都不行了。

这次制作进度的介绍主要以Q&A的形式表现，采访对象是"我三"漫画负责剧本改编的戴戴老师，还有美术老师大河、阿田。

Q 大胆

A 戴戴

Q
戴戴老师作为编剧，对"我三"漫画改编切入点所做的减法是什么呢？

A
针对第一部的改编，我最初的想法是仿照《罗辑传》和《章北海传》，写一部《叶文洁传》，但后来发现这样不现实。《我的三体》第一部的主线是汪淼和史强的探案线，叶文洁虽然贯穿全书，但如果只写叶文洁，会导致其他角色塑造不足，很多名场面也难以展示出来。另外，由于叶文洁的经历十分悲惨，很多画面不适合通过漫画的形式展现出来，因此最后还是放弃了这个方案，选择以《我的三体》第一部的主线为基础，辅以动画《我的三体》的整体风格进行文本改编。

Q
在剧本的改编方面，您遇到过哪些难题呢？

A
改编难度主要在于内容的取舍吧。毕竟《三体》第一部的小说内容很多，如何把整本书的内容塞进篇幅有限的漫画里，需要进行艰难的取舍。详略得当地把《三体》故事讲好，同时把读者希望看到的名场面展示出来，是我的终极目标。

A 囍大河

Q
我之前偷偷看您的屏幕，发现"我三"漫画的整体风格和《我的三体》动画没有想象中相似，为什么要做出这些区分呢？

A
你看到的已经是第三个版本的风格了。我们最初的想法很简单，就是把动画里的方块人和物品放在漫画里，但尝试之后发现这样并不合适。动画《我的三体》风格形象在三维动画中展示还好，一旦将其放进二维的平面里，从结构到细节都会显得有些怪异。另外，漫画往往比动画更需要用夸张的表情和动作表达情绪。在这种情况下，动画的美术风格就不太够用了。

> 这帮家伙，就想着从咱们这儿捞情报，屁大的消息都不肯透露一点。

**Q**
难怪我觉得相比动画，漫画里人物的表情会更丰富，原来是改良版。那针对美术风格，可以在不剧透的前提下透露更多的消息吗？

**A**
人设方面主要由阿田负责。我可以来谈谈道具和场景到底要以何种方式呈现的问题。大家的意见主要分为两个方向：其一是严格根据动画《我的三体》的方块进行绘制；其二则是按照日常生活中的形象去描绘。在多次尝试后，我们发现按正常的形式画反而是最合适的。

**Q**
但动画《我的三体》的风格不是更有辨识度吗？

**A**
恰恰相反，方块风格看似很有辨识度，但一旦绘制进漫画里，其辨识度反而会有所缺失。举个例子，如果我们希望用杯子来展示不同角色的性格，那么大史的杯子最好与常伟思的杯子在各方面都有所不同，可是方块风格很难做到这一点。

**Q**
原来如此，这还是有些反常识的。

**A**
毕竟美术风格是漫画最重要的部分之一。我们也是在慢慢摸索着进行尝试，希望能给《三体》粉丝和读者们更好的阅读体验。

A 阿田

**Q**
阿田，你目前已经把《三体》第一部中大多数角色的人设图都设计出来了，能聊一聊在创作过程中遇到的困难吗？

**A**
其实主要还是"缺乏前辈"的问题。在创作方块人形象的过程中，能参考的作品是很少的，所以就会碰到一些意想不到的问题。比如，在我用方块人的风格去设计角色时，很多女性角色经常会出现脑袋过大、身体线条不正常等问题。这种问题放在普通的漫画中很好解决，但放在方块人身上就有些麻烦了。在创作过程中，必须具体问题具体分析，针对不同的角色想出不同的解决方案。

**Q**
不能拿《我的三体》动画中的人设图直接使用吗？

**A**
很难，一方面是大河刚刚提到的三维和二维的区别，另一方面，我们现在在创作《我的三体》第一部的漫画，出于各种原因，人物的特点不够鲜明，放在漫画里容易让人产生混淆，很难让读者产生记忆点。在保持《我的三体》风格的同时，还需要设计出非常鲜明的人设，确实不是一件容易的事。

## @ 薛怡雯

那天去看上海的天马望远镜，虽然没有雪，但是很有氛围感。看到了望远镜的转动，和电视剧里一模一样，会发出咯吱的响声，红岸基地是梦的开始，也是叶文洁的净土，在天马望远镜上有一块牌子写着"禁止拍照"，多了一分神秘，正碰上夕阳，那一刻代入了叶文洁，"这是人类的落日"。

## @ 量子玫瑰

红岸基地，是一切的开始，也是一切的结束。人类的落日是二维的……

## @ 老鼠疯子

感觉红岸基地总是会灰扑扑的，里面总会有各种猜疑和欺诈，鲜血染红了这里，同时时间又让它氧化，最终被忘却。

## @ 一只厦航短腿738

读《三体》之前，我读了大刘大部分短篇，其中《思想者》那篇里的思云山天文台和红岸基地一样，曾经繁荣，却最终被废弃，甚至都在成为废墟之后，故人（统帅和那两个主角）都徒步登上山峰，寻找过去的痕迹。后来读《三体》的时候，思云山的影像就和雷达峰重合起来了。

## @ 柚 HeyanEcho

读完《三体》，抬头看星星的时候和以前感觉不一样了，以前感觉到美，现在感觉到星空也许是生命和文明在发光吧！

## @ cx330

我是一个初中生，并没有经历过那些疯狂与遗憾，对红岸基地的印象是20个世纪一场大梦的碎片，就像是在历史书上读到某些内容时所感受到的荒诞而确切的现实。我总觉得，红岸基地巨大的抛物面天线真的以废墟的形式隐藏在某片山林深处，带着"为了忘却的纪念"等叶文洁的重回。

## @ 纸盒子

光是红岸这个名字就很有宿命感。红色、革命、鲜血，一切悲壮的载体，时代的产物，人类在茫茫宇宙中孤独的预演。岸，所有在苦海挣扎的生命最向往的地方。在三体文明眼里，红岸代表持久的恒纪元；在叶文洁眼里，它是与人类社会的告别；在伊文斯眼里，它是对人类彻底的净化和改变；在地球三体组织普通成员眼里，它是精神和信仰的象征；在史强和汪淼眼里，它是尽力做好分内之事；在章北海眼里，它是自己使命的彻底完成；在罗辑眼里，它是威慑，是和平；在云天明眼里，它是遥遥无期的黑暗；在程心眼里，它是童话。在我（一名学生）眼里，它是考试的终结，同样是新一轮考试的开始。红岸可以说是一个历史转折点。在这里，人类"发出了第一声可以被宇宙听见的啼鸣"，并招致灭亡之祸。它是安逸生活的终结，是人真正踏入黑暗森林，成为"鱼"的开始。叶文洁按下按钮的一刻，人类也进入苦海了。

## @ 丁仪学生

红岸基地，一个历尽沧桑的地方，却矛盾地带着人类好奇稚嫩的思想。这里1379号监听员对地球发射了无线电波，叶文洁为了心中的乌托邦回应了那封穿越数光年的信。说到信，红岸基地见证了白沐霖对叶文洁的背叛，见证了那封背叛之信。到后来，这座基地本身也成了一封信、一块碑，纪念着那段不愿被人提起的过往——剩下的只是落日，与淡淡余晖。

## @ 寂寞红岸雷达峰

其实一开始就觉得红岸基地是个充满时代想象的地方，尤其是发给外星人的第一封信（已阅，狗屁不通！）。有点好笑，但后来看了《寂静的春天》和插画集后感触很深（统帅不愧是"带货女王"）。现在班上同学都叫我红岸（应该不算侵犯版权吧……）。

## @ 你的 5kg 生态球

不要告诉我在哪儿！世界变得像一张地图一样小了。

作者 / 三体同志们

# Correspondence

## 印象碎片 from the Cosmos

**@ 韶一**

福州马尾区鼓山顶上有一个雷达站，虽然不是抛物面形状的，但每天早上或者傍晚的时候如果有朝/晚霞，就特别像红岸，上学放学路过十字路口的时候我正好能看见，要不是上学不能带手机，我也想拍下来。

**@ ZXY&瑶**

一开始对红岸印象并不深刻（因为我读《三体1》比较快，主要在看汪淼的剧情，对"文革"也不怎么了解，就把几个红岸的部分跳过了……），但是后来看了电视剧，突然发现这段剧情也超精彩，特别是叶文洁的内心独白，狠狠吸引住我了！红岸的故事是全书的基础，也是梦开始的地方！

**@ Yu**

对红岸基地最深的感受就是动乱战争时期与世隔绝处的那种有序又放肆，无视道德的疯狂和"自由"。

**@ Ершников**

原型在齐齐哈尔市富拉尔基区，已经完全拆除，现有红岸大道留存。

**@ 盒饭盖子儿**

红岸基地，是叶文洁超越时代地同地外文明直接交流的思想起源，它像是一个超凡脱俗的梦，梦中的三体文明支撑着叶文洁挺过了那么多坎坷，但是梦醒了。现实的引力让她对三体文明的美好幻想砰地坠地。认清真正的三体文明后，她选择在被废弃的红岸基地落幕。红岸，听到了她那句"这是人类的落日"的呢喃。始于红岸，终于红岸。或许于叶老师而言，这并不是个美好的结局。三体文明的残酷令她无言。"人类落日"，又何尝不是红岸的落日。红岸基地，终会同她一样在时间之沙的磨砺下慢慢随风消散。虽然在红岸基地发生了许多血与泪的往事，但对叶文洁来说，这是她唯一的港湾。纵使风雨交加，这也是她人生中的锚点。

**@ 白兰瓜**

红岸基地，在我的心目中，就是叶文洁的净土，是当她溺水时终于遇到的"岸"。她在论文里展现出的才华和杨卫宁对她的帮助，是让她去红岸的两个必要条件。就好像，她会游泳，才能遇见"岸边"的杨卫宁；杨卫宁善良，所以会把她打捞上"岸"。在这里，她凭借自己的能力和杨卫宁的帮助，获得了许多学术资源，完成了太阳数学结构模型的研究。我很喜欢电视剧版《三体》里叶老师重返红岸时的演绎，六十多岁的老人容光焕发，精神矍铄，因为她又回到了那个在乱世里滋养她的地方。

**@ 躺平小郝**

红岸基地是人类对外星文明的期待的产物。它承载了那个疯狂年代里许许多多的幻想和理想，就像一个幼稚而孤独的幼童困在只有自己一人的空间里，渴望陪伴和友情。但红岸同时又是人类苦难和恐惧的源泉。孩子点燃了火，把火越烧越旺，想照亮更多不可知的角落，满足自己的欲望。人们纪念红岸，又希望忘却红岸。

**@ 江水澄秋**

国外的话，首推墨西哥的阿方索·塞拉诺大型毫米波望远镜（LMT），国内首推中国反导预警雷达遗址（即7010雷达阵地），原因如下：①建造和使用时间基本都能对上，7010雷达阵地建造于20世纪70年代左右，于20世纪90年代前期退役。②功能定位类似，7010雷达阵地主要职责为：观察外空目标，密切监视敌军导弹及空间宇航设备运行。

**@ 题枝江吟曲**

红岸是带有历史厚重感的两个字。

微信　微博

基 ★ 地 ★ 的 ★ 独 ★ 家 ★ 印 ★ 象 ★

# 图说科幻

## 图说三体

# TED

### 创作思路

在构思这张图的时候，我首先想到的就是大时代下的小人物，所以用了一个长焦镜头来把前景的叶文洁和不远处的巨大天线设备进行对比，突出了时代的宏大和个人命运的微小。但同时，我也想赋予她一些小人物身上的生命力与不屈，便有了叶文洁迎着巨大的天线走上台阶的画面。

作者 / 朱老 Ber

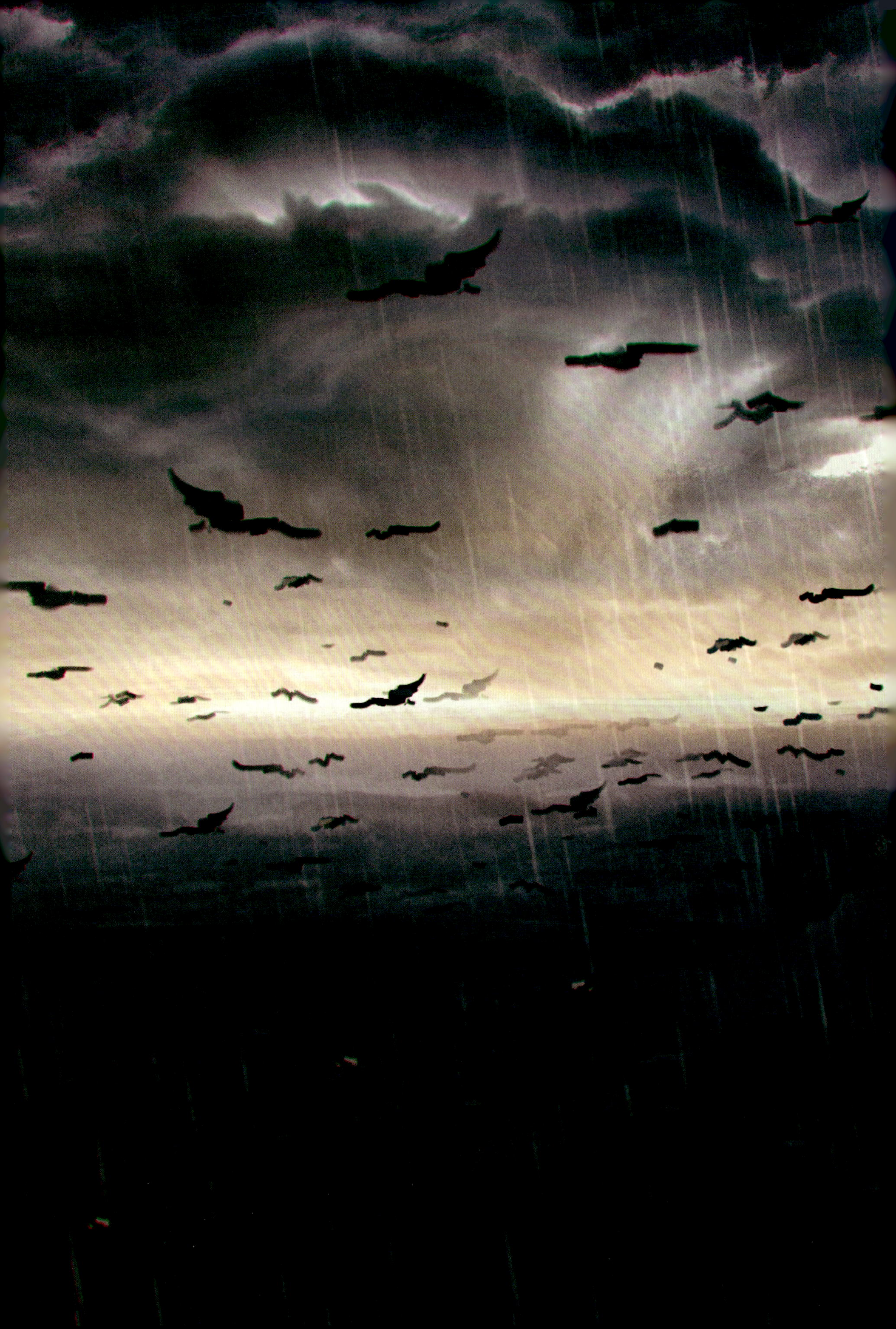

**创作思路**

在大兴安岭的一个雨夜，从森林中振翅而飞的野生动物遮住了天空的颜色。这张图的灵感来源于对叶文洁山下生活的想象。风雨欲来，遥望山顶上的雷达，这是危机与救赎的距离。

**作者/三体宇宙设计中心**

**创作思路**

想用简洁有力的线条表达出红岸基地的力量和叶文洁亲眼看到后的内心波动。这种形式常出现在美国漫画或版画中，出乎意料地与那个时代的情节和感觉适配。

作者/三体宇宙设计中心

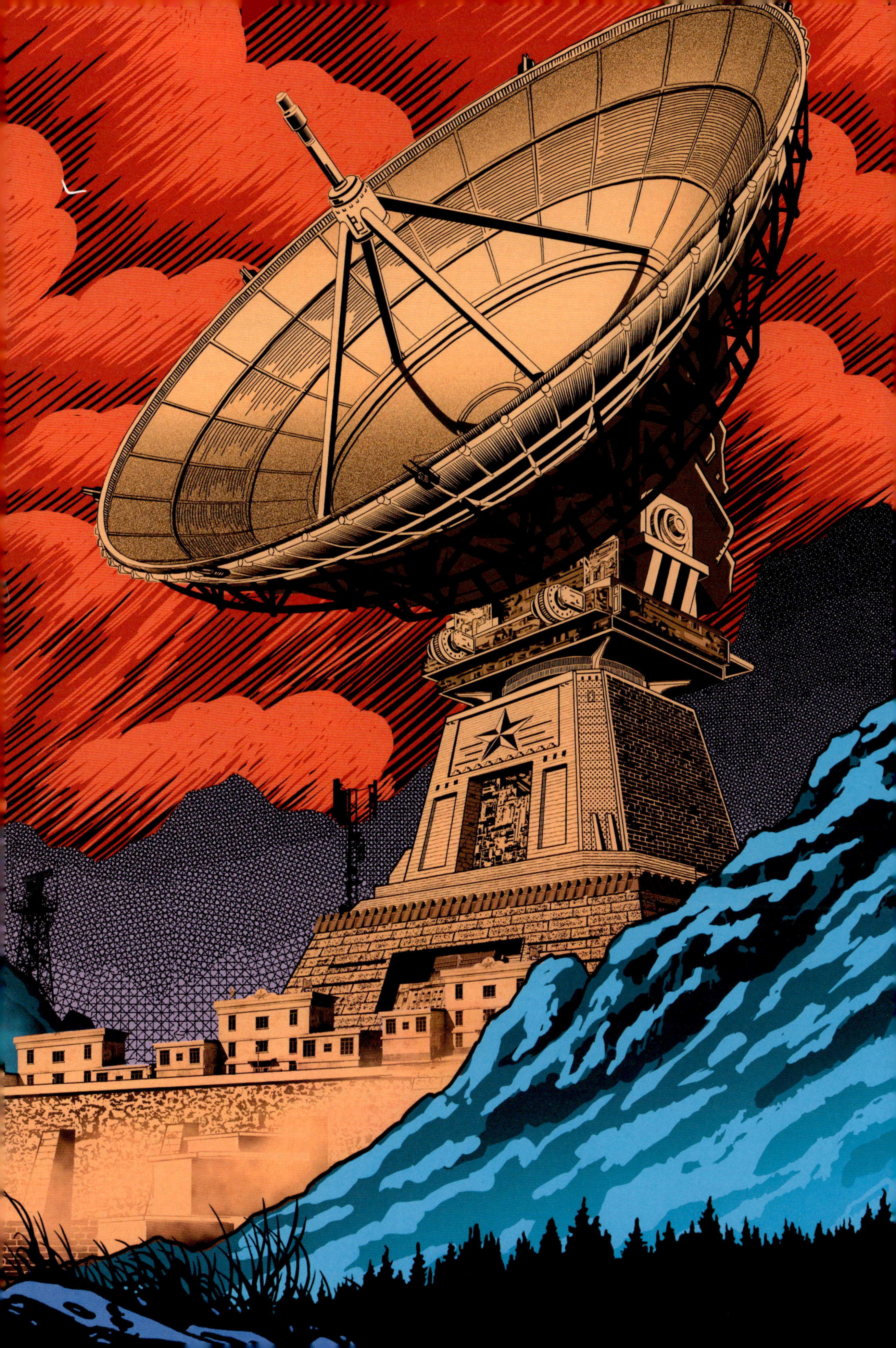

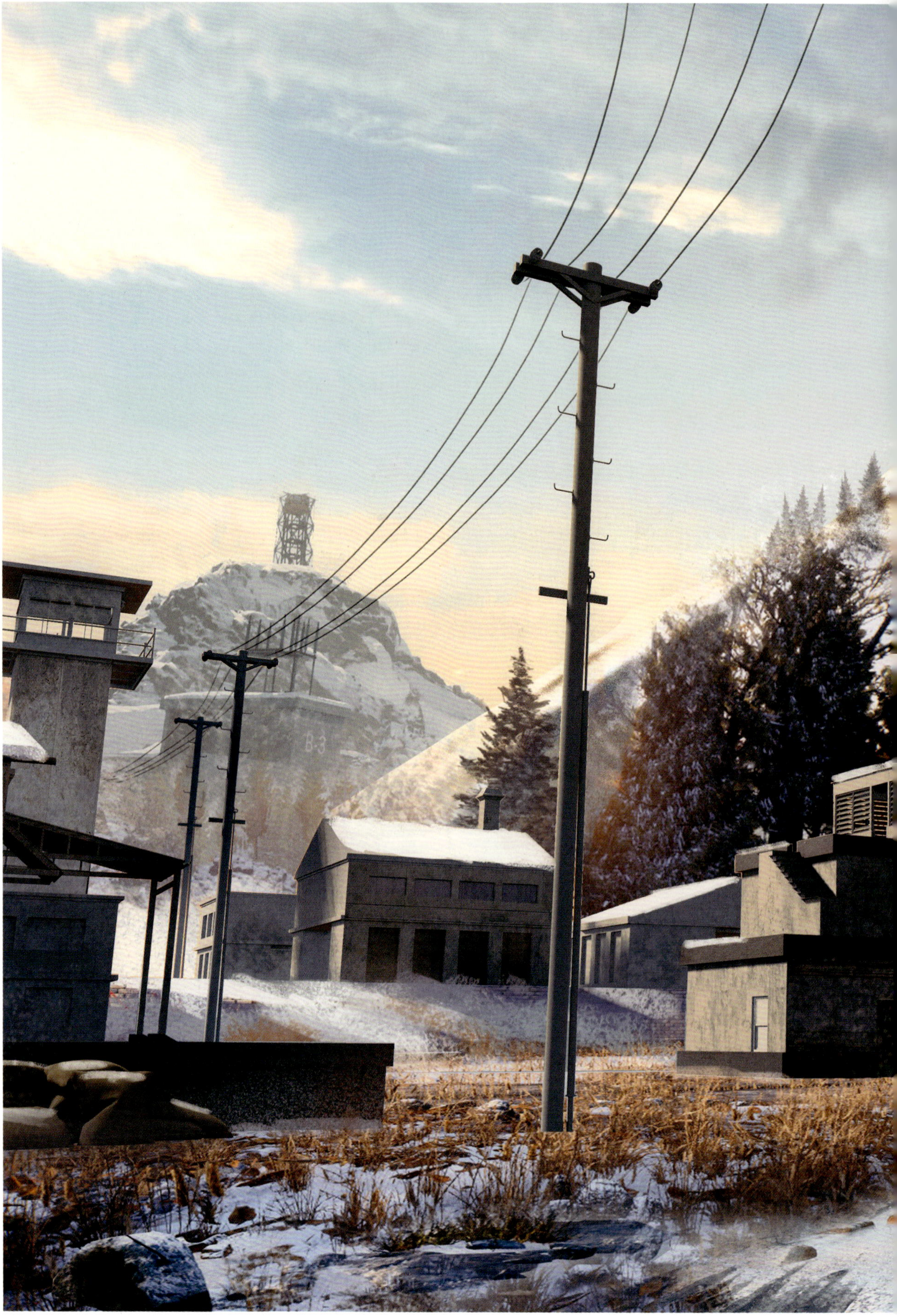
B-3

**创作思路**

我想将红岸基地尽量真实地呈现在大家眼前，所以基于红岸基地的设定和现实资料参考，我采用了写实厚涂的方式来画这张图。坚固厚实的灰白色墙壁可以让红岸基地在大兴安岭皑皑白雪中很好地隐蔽起来。

作者/Ashy

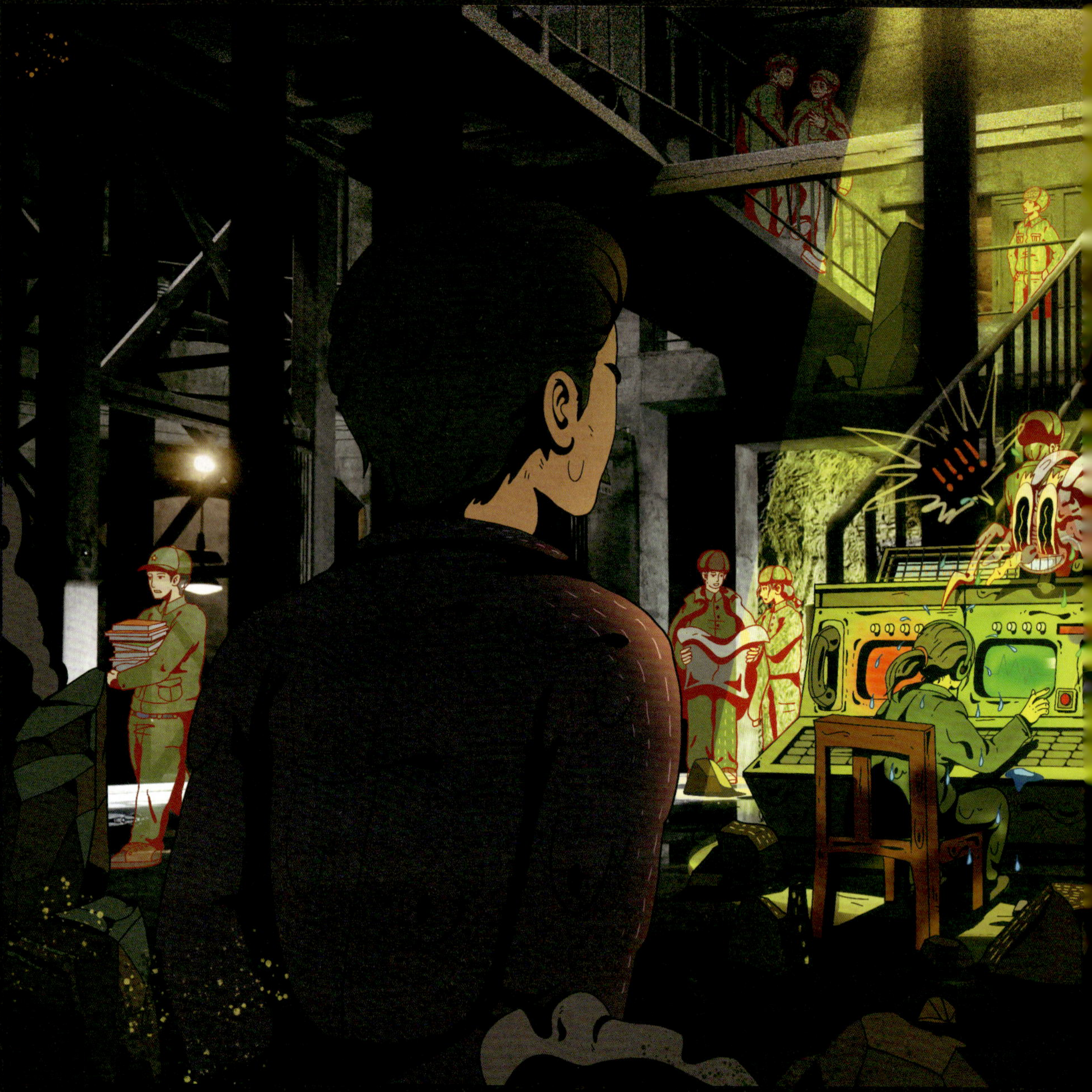

### 创作思路

通过实景与画的结合，完成一场打破次元的会面。老年叶文洁带着汪淼重回红岸基地。画面上半部透明的人是红岸基地的工作人员。看故事的时候，我总忍不住去想，当叶文洁再次回到红岸基地，她会想什么。于是在画面中，我让叶文洁都以背影的方式存在，光的中心是青年叶文洁正按下投放信号的按钮。在我的想象里，叶文洁此时的心情应该是紧张不安且忐忑的，所以我画了一只"小怪兽"钻出操作台，来表现叶文洁的心魔和关于地外文明近乎未知的想象。

**作者/吕耀东**

# 平行世界

A PARALLE

# 三体
# 量子蜂群计划

## THE THREE – BODY PROBLEM
## QUANTUM SWARM PROJECT

作者 / 刘艳增　插画 / Ashy

**危机纪元
第 25 年　07月06日**

三体舰队距太阳系 4.10 光年。

西北二号冬眠中心，警戒区外。

直到那座飞碟形的银色建筑占满整个视野，吴岳才感受到它的巨大。这时，他们离西北二号冬眠中心仍有 5 公里的距离。

在这个时代，冬眠早已不是前往末日投入战争的人的专利。早在危机纪元元年，冬眠技术已经全面解禁，投资巨大的冬眠中心在各个大国相继建立。没有能力负担的小国们，各自投靠大国，通过长期持有大国的建设基金，为自己争取到最后一块通向末日的属地。

"我们不进去吗？"驾驶座上的小林问。再往前走，就进入了冬眠中心的警戒区。这是他第二次陪吴岳来到这里，上一次来是一年前，当时他们的车也是停在这座小山的后面。

吴岳摇摇头，左手放在汽车喇叭上按了三下，他们后面的一辆车心领神会，越过他们的车开进了冬眠中心。按照计划，那辆车将会取出他们在冬眠中心存放的东西，然后送到最近的发射中心。

吴岳一个人下了车。小山不高，只有 100 多米，有一条小路可以上山。吴岳没让小林跟着自己，他像个偶得半日闲的老人，一步一步地朝山上走去。吴

072　不要回答：红岸

岳没有听到虫鸣的声音,只是偶尔看到飞鸟和青蛙之类更大的生物。对此,吴岳并没有感觉到奇怪,他知道为什么会这样。

视野中的冬眠中心仍然巨大,但吴岳的视角已经变了。他站在小山的顶上,需要稍稍俯视才能看清冬眠中心的屋顶。那屋顶像是更大的球体的一小部分,剩下的球体则深埋在地下。吴岳记得自己第一次看到这种造型的建筑,是陪女儿在上海梅赛德斯-奔驰文化中心看演唱会,他不记得舞台上那个歌星的名字,却一直对那个建筑记忆尤深。

天色渐渐暗了下来,冬眠中心周围的草地变成了深绿色,但那深绿中点缀着一片片的灰白。吴岳知道,那是已经沙化的土地,它们的存在,让草地像银屑病病人的脸那样粗陋不堪。

"北海,我没有办法拥有你那种对胜利的信念。作为一个失败主义者,我曾只想寻求灵魂的安宁,但我依然做不到。我一度很羡慕你,甚至可以说是嫉妒,在信念中面对结局的人总是幸福的。不过北海,祝福我吧,也许我仍然无法获得那种信念,但我已经找到了自己该做的事。"

小林在吴岳坐稳后,发动汽车调头进入夜色中的318国道。

就在他们刚刚离开之后,夜色中的那座小山中,虫鸣声大作。

国家抗旱固沙植物研究基地。

"我怎么都没想到,在这里竟然也能看到这么震撼的花海。"吴岳站在基地控制中心的落地窗前,出神地望着那片无边无际的金黄。在远处,花海和几乎躺在地上的云团交相辉映着,更远的天际依稀能看到雪山的形状。

"都是从门源县那边移植过来的,现在正是最盛的花期,再过半个月,你就只能看到光秃秃的花顶了。从去年开始,对蜜蜂数量的需求大了几个数量级,配套的油菜花田,他们种了6万亩。"丁仪说。他把自己那个著名的烟斗伸进嘴里,深深地吸了一口。

"您的'量子蜂群计划'真是一个天才的设想。"吴岳赞叹着,"丁教授,为什么今天一定要我来?"

丁仪却在摇头,"去年那件事之后,我提出了'量子蜂群计划'——用球状闪电对蜂群进行攻击,使其处于量子态,然后测试量子蜂群对智子的感知能力——结果是理想的,一个量子化的蜂群有多少只蜜蜂,对智子的感知力就提高到了活蜂群的多少倍。但现在马上是第16次试验了,直到上一次,我们也没有取得更多的进展。在结束这种徒劳的努力之前,总要让你了解一下我们是怎么试验的,毕竟你们也对这项研究抱有很高的期待。"

"可是在这条路上,我们已经取得了一些进展,为什么不再多忍耐一段时间?或许那个质变,就在不远的某处等着我们。"虽然有一些心理准备,吴岳却还是感觉到了巨大的失落。

"说到进展……聊胜于无吧,但是,"丁仪看上去有些疲惫,"这又能怎么样呢?如果智子愿意,它可以在一个小时之内,对一个量子蜂群进行几十万次观察,让那几十万可怜的个体全部坍缩成灰烬。"

吴岳的眼中却出现了一丝兴奋,"如果是这样,那么在这一个小时之内,人类的其他地方可以暂时摆脱智子的监控了。"

"智子没那么傻!"丁仪似乎有些恼怒,"它不会专门跟一个蜂群过不去!一个机构即使被量子蜂群'保护',也并不影响智子对他们的监控。如果智子每隔半分钟到这个机构观察一次，他们也愿意付出每次牺牲一只量子蜜蜂的代价，但他们能每隔半分钟改变一次交流状态吗？不能！"

"所以……"

"所以我今天叫你来，只是想让你看看，即使是一个拥有数百万只蜜蜂的量子蜂群，能做的事也多么有限。"

吴岳有些动容，"数百万只？"

丁仪没有再说话，基地控制中心的广播声从天花板传出："'量子蜂群计划'第16次试验，30分钟准备。"

吴岳和丁仪一起转过身来，落地窗的对面就是控制中心的信息墙，那上面有十几块屏幕，中间一块最大的上面显示着一个似乎静止的画面，但它右上角跳动的时间数字让吴岳知道，这就是靶标的实时图像。吴岳看到，这个靶标的形状很像一个蜂箱。

"长40米，宽25米，高10米。11个蜂巢，中华蜂数量600万只。"丁仪指着那个蜂箱式建筑对吴岳说。

虽然知道蜜蜂越多越有试验价值，但如此庞大的数量还是让吴岳感到吃惊。他沉吟了一下，继续对丁仪说："付出了这么多的努力，如果真的现在就放弃，您不觉得太可惜了吗？"

信息墙上另外几个屏幕也显示出实时图像，一个是11个蜂巢的全景，一个是一堆密密麻麻的蜜蜂，还有一个是球状闪电主发射室的实况。发射员小杨面朝吴岳二人，表情严肃。

"'量子蜂群计划'第16次试验，20分钟准备。"

"没有意义的努力，不如早点结束。"丁仪兴味索然地说。虽然早就耳闻此人不拘小节，但吴岳总觉得，作为基地的技术负责人和副总指挥，他仍然表现得过于情绪化了。

"'量子蜂群计划'第16次试验，10分钟准备。倒计时开始。"

"就像您说的，智子不会傻到为了毁灭一个量子蜂群，而放弃别的监控任务。但是，一只牺牲的量子化蜜蜂的确可以告诉人们：智子来了。或许在这个警告出现之前，有人已经做完了一件不能让智子知道的事……"

吴岳的话并没有说完，因为他发现，丁仪的眼睛里突然充满了惊恐。

他顺着丁仪的眼神看过去，发现靶标上面竟然出现了一个人！那个人就站在巨大蜂箱的顶部，表情平静地看着他们。

"你想干什么？"丁仪冲着屏幕大喊。

"很抱歉，丁教授。"那人带了微型对讲机，"这是目前唯一的办法。"

"胡闹！"丁仪似乎有些气急败坏，"我命令你，现在立刻返回控制中心！这是命令！我的命令！"

"丁教授，这已经是第16次试验了。在她去年给我们提示之后，这个试验就已经开始了，但一年多以来，除了蜂群的规模在增大，试验结果没有质的变化。您应该比我更明白，只有她指出的那条路，是能够走通的。"那个人说。

"陈博士，你是这个基地和这个项目最优秀的科学家，为什么也会这么孩子气？你真的认为，这样做能够改变什么吗？你太冲动了！"丁仪已经有些冷静下来。

"那您真的确定，这样做什么都不能改变吗？距离我们得到她的提示已经过去了这么久，您难道从来没有想过试一试吗？您宁愿去做16次没有意义的试验，也不愿意考虑一下她的建议吗？"陈博士仍然平静地说。

"你真的是疯了，陈博士！你真的相信这种事吗？那到底是一种偶然，还是一个奇迹，我们根本说不清楚！"丁仪说。

"所以，我们不需要再进行无谓的思辨。我真的想试一试，她到底是不是这个意思？也请您不要阻拦我。当然，现在的您，也已经没有办法阻拦我了。"陈博士说着，缓缓地举起了右手手掌，丁仪觉得，他像是举起了一把刀。

屏幕上的主发射室里，发射员小杨竟然也举起自己的右手手掌，然后他转向陈博士的方向，向他微微颔首。

"住手！你们这群疯子！"丁仪歇斯底里地大喊着。他回头望向工作机位最后面的那个座位，那是基地总指挥的位置。丁仪觉得，他这一生中从来没有像现在这样，需要另一个人成为自己的精神支柱。

总指挥的座位上是空的，陆鹰将军并没有来。

吴岳突然问道："你们说的'她'，指的是林少校吗？"

陈博士几乎不假思索地说："当然。"

吴岳叹着气摇摇头，"如果我没记错的话，您应该是第一个提出球状闪电不是被制造，而是被激发出来的科学家。没有您的发现，人类也不会掌握宏物质的规律。您觉得，为了这样一个猜测搭上自己的性命，值得吗？"

陈博士的笑容竟然有些凄凉，"我相信她。她不会在没有根据的情况下，传递给我们那些信息……"

吴岳立刻接着他的话说："可是，您如何能够确定，她当时传递的信息是完整的呢？也许她处于被胁迫的状态？或者，她没有机会完整表达自己的想法？"

"都有可能。所以，就让我成为第一个测试的人吧，当然我希望，我也是唯一一个。"

这个时候，屏幕右上角的时间已经跳到了00：05，人们看到，陈博士的手掌落了下来，人们听到他说的最后一句话是："小杨，对不起。"

靶场中，在离那个巨大蜂箱不远处的一角，一枚处于白炽状态的球状闪电尖厉地呼啸而出，向蜂箱缓缓地飞去！

0129:01:07

**危机纪元第24年 03月11日**

三体舰队距太阳系4.11光年。

国家抗旱固沙植物研究基地。

"这里的风沙真让人觉得恐怖，我们在来的路上好几次找不到方向。"吴岳把大衣挂到衣架上，即使是在初春，这里的气温仍然在冰点之下。

"你要是早来几天，就能看到他们第40次蜂群试验。"丁仪说。他请吴岳坐到饭桌旁，桌上摆了四五盘刚刚炒好的菜。"都是我自己做的，我只会做下酒的菜。"

"已经很丰盛了。我听您在电话里说，您不愿意在这里待下去了？"吴岳趁着丁仪给自己倒酒，不失时机地问他。

丁仪把自己的酒杯也倒满，端起杯一饮而尽，"我本来就不是常驻在这里，现在这里已经是一个专门研究蜜蜂的生物学基地了，没有高能物理学家什么事。"吴岳感觉到了丁仪语气中的不屑。"你呢？怎么会有闲工夫跑到这种地方来？不会只是为了你所说的度假吧？"

吴岳也喝了一口酒，他点点头，"度假的说法只是其一，一个半月前，PDC（行星防御理事会）开始调查'人类纪念工程'，调查之后发现这其实是智子的圈套——当然会是这样。但PDC仍然关闭了我们的发射塔，取消了无人宇宙飞船的名额。现在的我们，只能把工作重点转移，放在人类资料和纪念实物的收集上。"

丁仪说："智子这次进行这么大规模的证据伪造，倒霉的不光是你们。最近一年来，所有的民间甚至小国家的太空发射机构几乎都被取缔了。这都要归功于那个愚蠢的国王，他用这么自私的方式给智子提了个醒儿。智子比人类更害怕有人把逃亡主义付诸实施，这是它和PDC为数不多意见一致的地方。"

吴岳叹了一口气说："是啊。可是丁博士，虽然那个国王的做法实在是愚不可及，但是发送人类胚胎细胞到太空，真的能算是一种逃亡主义行为吗？"

丁仪摇摇头，"我也觉得智子过于谨慎了。它或许只是在利用人类自己的力量，来减少地球上太空发射点的数量，从这一点来看，它胜利了。现在只有几个大国具有太空发射能力，智子的监控简单了许多。至于人类胚胎细胞嘛……只要保存装置足够好，它们的确可以在太空环境下保存几万年的时间，低温和射线都对它们产生不了太大的影响。也就是说，如果时间足够，它们确实有可能会遇到一个遥远的高技术文明，通过他们的手来繁衍出另一个人类文明。"

丁仪顿了一下，像是在强调什么，"所以，这种可能性并不为零。把这件事看作逃亡主义，足以证明三体人高瞻远瞩的危机意识。相比其他发射机构，你们的潜在威胁是最大的，因为你们发往太空的资料包罗万象，你们的每一艘无人飞船，都容纳了比'旅行者二号'多几万倍的有效信息。"

丁仪冷笑着说："所以，智子想逼你们停下正在做的事，对它们来说，所有人在碌碌无为中等死，才是它们最希望看到的。"

"难道，人类真的只能在智子无处不在的监控中等死吗？我相信，一定有一些事情是智子监控不到的。"

"说的没错，的确是有很多智子不知道的事情。但那只代表智子对那些事没有兴趣。比如说今天的马拉松比赛谁得了冠军、今天哪个明星生了孩子，甚至今天哪个物种要灭绝这种事，在智子眼里都无关紧要。"

"如果有一些事，一开始智子并没有注意到，却可能对人类产生至关重要的影响……"吴岳放慢了语速，盯着丁仪的眼睛认真地说。

"不要抱太大的希望。"丁仪打断了吴岳的话，"人类最主要的资源调度系统——科学、军事和行政，已经完全处于智子的无缝监控之中。三体战情室里的情报员，比任何地球人都更了解我们这里正在发生着什么，这是一种全知的视角。即使它真的疏漏了某些事，那种事造成的改变也应该是微乎其微的。智子反应过来之后，到稍微前面一点的路上去封锁我们，结果仍然是一样的。"

"如果那件事带来的改变，不是微乎其微的呢？尤其是当这件事被我们完全了解之后，可能会带来更为巨大的改变呢？"吴岳仍然盯着丁仪的眼睛说。

丁仪一下子警觉起来，"这才是你今天来的目的吗？到底有什么重大的事，是智子现在还不知道的？"

"丁教授，我先给您看一段视频。"吴岳说着站起来，从电脑包里掏出手提电脑打开，点击一个文件夹，里面只有一段视频，视频长度4分21秒。

视频开始播放了，拍摄者应该是在一个峡谷里。视角一开始是峡谷中的江面，江水拥挤在一起向前奔流咆哮着，一个声音突然出现，"天哪！快看，那是什么？"视频的视角很快转移到斜上方的天空，拍摄设备应该很高档，逆光拍摄中的画面并没有变黑。吴岳和丁仪看到，亮蓝色的天空背景上飘着几朵白色的云，它们和两侧山峰上的绿色植被交织在一起，组成了一副摄人心魄的绝美画面。

这时，他们在视频画面的右上方看到了一个光点，那光点迅速变大，像是有人在那里燃放了一枚巨大无比的烟花。烟花迸发出的每一颗烟火，都带着一条明亮的尾迹，那尾迹似乎非常细，却又非常亮，蓝色天空的背景在它们面前显得黯然失色。它们铺天盖地地散射开来，很快覆盖了目力所及的一切——峡谷两侧巨大绵延的山体和峡谷中间奔涌翻腾的江面，都被这无限多、无限细的银丝笼罩了。

"这难道是……粒子在一维展开？"丁仪指着屏幕，

冲吴岳惊疑地问道。

吴岳摇摇头，"我不知道。视频的拍摄者恰好是我们的工作人员，他们在雅鲁藏布大峡谷徒步考察时，撞见了这一幕。对了，他们也是生物学家。"

这时候，视频还剩1分钟结束，天空中所有组成烟花的银丝，似乎都被风吹散了，它们变成一段一段的，但仍然保持了之前的亮度。丁仪知道，那是它们的力场在反射自然光。细丝的分段变得越来越小，越来越密，它们散落进山体上的植被里，把每一株树冠染成花白；它们飘荡在江面上的水汽中，让它变成了一条银色的江。

视频的最后传来目击者们的叫喊声，"这些到底是什么东西？为什么会缠在身上甩不掉？不会有什么危险吧……"

丁仪已经能够确认，这就是某种粒子在进行一维展开。至于它展开的原因，或许是自发的，或许是被什么神秘的力量触发。丁仪在客厅里快速地踱着步，与其说是觉得兴奋，不如说是感到焦虑。

"你说，那里是雅鲁藏布江？"他问吴岳。

吴岳点点头，"雅鲁藏布大峡谷。"

丁仪的踱步慢了下来，他拿起了自己的烟斗，一边抽着烟，一边沉思着。良久，他停下来，对吴岳摇摇头说："我完全没有思路。如果是某种粒子，比如质子在进行自发的展开，那这种展开的机理是什么？如果这是被某种东西触发的，那么这个东西是什么？"

丁仪重新坐回自己的位置，又一次播放那个视频。

吴岳说："不论如何，如果能够确定的话，这的确

是人类第一次看到粒子的一维展开，不过……"吴岳没有说下去，因为他看到，丁仪的表情凝固了。

丁仪已经把视频又看了一遍，他猛然把进度条向前拉了一段，继续仔细地观看着。

吴岳也凑过去，认真盯着画面。

丁仪把画面停下来，又播放，再停下来，再播放，再停下来。然后，他指着左侧山体的一面峭壁给吴岳看，然后又开始播放。

吴岳看到，在那面峭壁的中上部位，在漫天飞舞的银丝干扰下，仍然可以依稀看见一个抖动的光点。那光点在峭壁上一边抖动，一边从左向右移动着，像是一只受伤的萤火虫。

"拉近！"吴岳冲到电脑边，把视频的那部分放大了四倍，画面有些失真，但是已经能够看清楚一些细节。

吴岳和丁仪仍然看不出那个光点是什么。但他们看到，光点从左向右移动的路线上，出现了浅浅的白色痕迹。

"那是一支笔！"丁仪猛地惊醒，"那是一支正在写字的笔！为了让我们看到，它让自己发出了光！"

如果那是一支笔，它写下的，会是什么呢？吴岳和丁仪呆呆地坐在那里，不知道是该感觉惊悚，还是该兴奋。

视频的最后，那支空悬在峭壁上方的"笔"，似乎已经完成了自己的使命，它拖着一条长长的尾迹，从那里掉入了峡谷深处。

西藏墨脱，雅鲁藏布大峡谷，大峡湾，南迦巴瓦峰北坡。

地面搜索部队已经找到了那支"笔"，他们把它送到山顶平台的直升机里，交给吴岳和丁仪。当丁仪把目光落在它的身上时，他又一次惊恐地呆住了。

那并不是一支笔，而是一枚精美的胸针。

胸针的形状是一把火柴长短的剑，剑柄上有一对小小的翅膀。整个胸针呈银色，在这山谷中的幽暗里闪着晶莹的银光。

丁仪接过胸针，小心地捏着小剑的剑柄，另一只手胡乱在后舱抓了两把螺丝刀，他把螺丝刀并在一起竖起来，用剑轻轻划过去。

螺丝刀的金属主体从正中被齐齐地切断了，仿佛那是用蜡做的一样。

丁仪对着晨光仔细观察，发现小剑的剑锋已经接近透明了。

丁仪认得它，这是林云的胸针！

直升机从距离江面不到50米的位置开始上升，即使是坐在机舱里，吴岳和丁仪仍然能够听到来自大峡湾激流的巨大轰鸣声。他们从直升机的舷窗向外望去，看到了临近江面的那面光秃秃的峭壁，它就像是被天神的利斧劈成的，从大峡湾的底部直上云霄。

"靠过去，注意保持安全距离！"谁都看得出，丁仪还是按捺不住激动的心情。他说着，双手捧起挂在脖子上的单反相机。

"放心吧，丁教授，那个视频我们看过很多遍了，我知道那东西大概在什么位置。"副驾驶位上的刘队长扭头安慰着丁仪。丁仪没有说话，他低头摆弄着相机，不断地调整着它的各个参数。

"快看！它在那里！"刘队长指向直升机舷窗的上方，吴岳和丁仪顺着他的手指看过去，在峭壁上方，他们果然看到了一行明显是出自人类之手的痕迹。

那痕迹是由几个几何图形组成的。第一个图形是一个立方体，但它的内部还嵌套了一个小立方体，这是四维超立方体在三维中投影的样子。在超立方体的右侧，是一个正常的立方体。再往右，是一个正方形平面。最右侧是一根一维的线。每两个图形中间，都有一根自左向右的箭头，从复杂指向简单。

其实丁仪不需要亲自给它们拍照，飞舞在直升机四周的两架无人机都携带了超高清摄像头，它们拍摄了这些图形完整的视频，以及超过200张各个角度的照片。

"已经很明确了，确实是她。"丁仪说。他叹息着，"她用这种方式告诉我们，量子化的人类，或者说她自己，有能力让粒子进行低维展开。"

一直坐在直升机后面座位的陈博士突然问："那么她……现在还处在量子态吗？她还能不能再次出现？"

丁仪没有回答，他知道陈博士只是想得到他的肯定，哪怕是不否定也行。但他们都知道，这种可能性极小，甚至可以说是没有。很多年前被宏原子核聚变杀死的林云，在坍缩成"活"的状态的那一刻，对一些微观粒子实施了低维展开操作，并用自己的胸针给他们留下了提示。但是，出现在这种地方，一定是她自己不能够控制和选择的。或许为了给他们这个提示，她已经付出了他们无法想象的代价。

吴岳像是知道他们在想什么，他尽量让自己的话显得不像是安慰。"至少，她利用这样一次几乎不可能的机会，让我们知道了一些事，我们不应该浪费她给我们的提示。假如这里真的是她的归宿，那倒像是冥冥中自有天意，因为南迦巴瓦峰在藏语中的解释是——'雷电如火般燃烧'。"

**危机纪元第 25 年 07 月 06 日**

国家抗旱固沙植物研究基地。

丁仪不忍再看，他绝望地闭上眼睛，等待着那一声惨烈的爆炸。

但是爆炸并没有发生，就连球状闪电在飞行中那尖厉的呼啸声，都戛然而止了。

丁仪睁开眼睛，他和吴岳都看到，那个飞向蜂箱的球状闪电不见了！在它原来位置的不远处，出现了一个黄色的圆球，它好像在随风飘忽不定地游走着，慢慢地由亮变暗，很快从基地的上空消失了。

大屏幕上的巨大蜂箱仍然完好无损，陈博士脸上的表情似乎变了一下，旋即又恢复了平静。

丁仪惊魂未定地回头又看了一下陆将军的方向，发现将军竟然已经坐在那里！他这才知道，球状闪电的消失，是因为陆将军。

在球状闪电发出之后，陆将军启动了无条件终止试验的进程。试验场内一个隐秘的位置，瞬间发出超高能量定点电磁干扰。在这种干扰下，那枚对生物体具备巨大杀伤力的球状闪电，转变成了一种以缓慢的电磁辐射方式转移能量的雷球。

丁仪知道，这种无条件终止试验进程的设计，是基地为了防止二十多年前林云那件事重演，而特意埋下的。丁仪一直听说重建后的基地有这种设计，但今天才是第一次见到。

"陈博士，你已经走得太远了。"陆将军冷冷地说。

大屏幕上，三队全副武装的士兵在屏幕边缘出现，其中两队从左右两侧向蜂箱包抄，另一队朝着主发射室靠近。他们的行动并不是很快，似乎只是在执行一种经过无数次演习的规程。

"将军，我曾经还以为，您会是最想看到那个结果的人之一。"陈博士说。

陆将军脸色铁青，没有说话。

"您的士兵们训练有素，按照他们的速度，90 秒内我就会被捕。"

"除非你有同归于尽的手段。"陆将军仍旧面无表情。

"不不不，"陈博士摇着头说，"这个基地的命运实在多舛，为了它，曾经葬送过多少人的性命，我不会那样做的。即使我能狠下心来，我也相信您会比我更狠。您宁愿靶场和我一起灰飞烟灭，也不会让这种事在您任内发生。"

陈博士苦笑着继续说："可悲的是，您的这种'狠'，却用在了没必要的慈悲上。"

"束手吧，博士。你知道，现在的人类没有办法接受你的做法，即使这真的能够带来改变。"吴岳说。

陈博士突然不再笑，他挺直自己的脊梁，又一次举

起右手手掌，脸上又浮现出那种悲凉，"本来，我只想连累最少的人。现在看来，小峰、小军，对不起了……"

就在陈博士以掌为刀又一次劈下来的时候，吴岳注意到，陆鹰将军的脸上，竟然也掠过一丝绝望。

三枚白炽状态的球状闪电出现了，它们分别来自主发射室和两个备用发射室，它们以蜂箱为中心点组成一个等边三角形。三枚球状闪电的轨迹，就像是从三角形三个角射出的垂线，它们将在中心点汇合！

一枚球状闪电在中途熄灭了，这是由干扰装置造成的。相对于它的能量密度，干扰装置的充电速度相当快，但它仍不可能在其他球状闪电命中目标之前充好电，它已无能为力。

所有的人，包括吴岳、丁仪和陆将军，只能眼睁睁看着，剩下的那两枚球状闪电缓缓地冲向蜂箱！

在它们的炫目光芒中，吴岳看到，陈博士的脸上充满了安详与宁静。

**危机纪元
第 22 年** **12月01日**

三体舰队距太阳系 4.13 光年。

PDC 战略情报专家咨询委员会第二十一次会议。

吴岳第一眼看到丁仪时，感觉他像极了自己想象中的样子：一头花白的乱发，一个永远不离手的烟斗，还有一双能够看透自己的眼睛。这是个绝顶聪明的人，无论是在学术上还是在人际关系上，玩世不恭和不拘小节都是他的外表，他只是不愿意把聪明浪费在这方面罢了。吴岳觉得，如果需要，他可以轻易看进人们的内心。

"您好，丁教授。"吴岳向丁仪伸出右手，"我叫吴岳，代表'人类纪念工程'来参会。"

"'人类纪念工程'？唔……让我想想，那好像是联合国前秘书长萨伊女士发起的吧？"丁仪也伸出手，表现出一种漫不经心的客气，"怎么称呼您？刚才有人叫您'吴大校'？"

"我早已经不是大校了。太空军刚成立的时候,由于对战争的胜利没有信心,我自己提出了离开。"

"没有人有必胜的信心,我也没有。说得不客气一点,在我的眼里,人类的失败几乎毫无悬念。"

"可控核聚变在您手中变成现实之后,听说您又在研究高能粒子实验中摆脱智子干扰的课题。虽然我完全是外行,但我对它的进展很感兴趣。"

丁仪翻翻眼皮:"这都是老生常谈了。如果真有进展,早就在各路媒体上吵翻了天,毕竟这是整个地球都用得着的东西。这是PDC交给中国的课题,我本来不想接下来,跟他们说,不要白费力气了,我们不可能做到屏蔽智子。"

"那么是PDC坚持让您做下去的?地球上除了您,可能真的没有人能进行这项研究。"

丁仪说:"后来我改变主意了,因为随着课题一起来的还有不少经费。没有这些钱,人类对智子最后一点学术上的关注都没有了。"

吴岳说:"我对您在大会上的发言很感兴趣,您提

到了大自然中的昆虫能够感知智子的存在，这是真的吗？"

丁仪像是有些不满，"在这种场合，我怎么可能胡说八道！并且这也不是我发现的，而是全世界四个昆虫研究小组共同的发现。确实是没想到，突破竟然首先在生物界发生了……"

"但问题最终还是要靠高能物理学界解决。"吴岳说。

丁仪看着吴岳，仿佛是在看着一个知音。"说得没错，大校。其中的原理，一定是只能在粒子物理中找到。"

"我感觉，您心中已经有答案了。"

"实际上，解释原理没有那么复杂。大自然中的昆虫阵列，有一点像我们常说的'概率云'。这种结构，可能使它们能够和其他的维度产生量子共振，从而获得那里的某些信息。这跟智子阵列能和宏观世界进行交流的原理也差不多。我的想法是，在所有的昆虫阵列中，蜂群应该是最典型的例子。"

"噢？对蜂群进行研究的想法，您在发言中并没有提到。"

"没有必要。我这次来参会不是为了发言，对此我毫无兴趣，我来的目的是要钱，既然要开始进行研究，没有钱就寸步难行。报告已经递上去了，在会上发言只是对PDC的一种回报。"丁仪说，"对了，您这次来参会是为了什么？'人类纪念工程'也在做情报研究项目？"

吴岳摇了摇头，"不，这种级别的项目我们现在没有，只有这个算是能够擦一点边的。"吴岳举了举手上的一本书，那本书很薄，没什么分量。"但这并不是'人类纪念工程'的成果，而是一个中国女孩写的。萨伊女士在任时，曾经和这个女孩有过接触，那女孩给了她这本书。萨伊当时想在PDC战情部推动这个研究，但是没有成功。现在因为它被邀请，大概也只是一种安慰。"

丁仪似乎表现出了一点兴趣，他接过吴岳手中的那本书，随便翻了几页，"很有意思的想法。不过，对于喜欢把一切量化处理的理论界来说，没有什么价值。"

吴岳说："所以我并没有被邀请发言，对PDC战情部来说，这种东西或许连装点的作用都起不到。不过，我还是要遵从萨伊女士的叮嘱，把这本书送到每一位参会代表的手里。尤其是您，丁教授，毕竟您研究的东西也是关于如何保密的。"

**危机纪元第 25 年　07月06日**

国家抗旱固沙植物研究基地。

这一次，吴岳和丁仪没有闭上眼睛。

在他们的视野里，两枚球状闪电还没有飞行到一半的距离，但很快，他们就会看到第二个被球状闪电杀死的科学家。

他将会变成那种神奇的量子态，去体验那奇妙的高维世界吗？曾经有人说，如果没有摩擦力，牛顿三大定律就会被普通人发现。量子状态的陈博士，能否像林云少校一样，掌握对粒子进行低维展开的手段？能否为人类找到屏蔽智子的方法？

他们没有来得及思考这么多，因为他们发现，就在两枚球状闪电飞行到中段的时候，它们竟然一起消失了！这一次，它们并不是幻化成另一种类型的自己，而是真正、完全、彻底地消失了！

就在球状闪电突然消失的那一刻，吴岳和丁仪看到了两颗炫目的流星。

那流星以极高的速度冲向球状闪电消失的位置，在那两个地方，两朵绚烂的烟花炸裂开来。

"微型导弹！"吴岳差点喊了出来。丁仪看着他愣了一会，突然好像明白了什么，他回头看到，陆将军脸上的肌肉也在跳动，但将军依然紧闭着嘴唇，认真地观察着。

"目标被击中，任务完成吻合度99%。"当一个充满中气的声音传出来，将军好像松了一口气。

他从座位上站起身来，微笑着对丁仪和吴岳说："谢谢二位的配合，你们演得很精彩。"

将军转向丁仪，"教授，我们的任务完成了，至于两个智子是否真的已经被消灭，就需要您来验证了。"

将军稍稍理了一下军帽，大步走出基地控制中心。

---

危机纪元
第 3 年　11月03日

---

联合国秘书长办公室。

"你问我为什么要见你，我自己也说不清楚。"萨伊躲闪着女孩清澈的眼神，像是在自嘲地微笑着，"也许，因为我们都是女人，而我却要求你去做这样的事。"

"我没有被任何人要求过，这个选择是我自己做的。"女孩对萨伊摇摇头，"本来我以为，在这个年代我根本无法找到自己的位置。现在我知道，竟然能有一个机会和他站在一起，我挺开心的。"

萨伊在心中叹了一口气，她不知道眼前的女孩是否真正理解了自己的意思，又是否知道自己将面对什么。以她的家庭条件和资质，她完全可以选择一条更平凡的路，然后在末日来临前过完自己的一生。她仍然没有下定决心，"你知道，我们完全可以对他说，找不到他画上那样的人。"

女孩似乎感觉出萨伊的犹豫，她像是想要说服萨伊，"其实，我一直对他做的这件事很崇拜。我还专门研究过这个，当然啦，不是因为想成为他那样的人，而是纯粹出于兴趣。"

萨伊想在做出最后的决定之前，和这个女孩多待一会儿。她装出认真的样子，鼓励她说下去。

"嗯，我还是叫您'老师'吧，因为我觉得，在这方面，您一定有资格做我的老师。"看到萨伊的表情，女孩兴致也高了起来，"嗯，我是这样想的——只是想想，您不要笑我啊——能不能找到一种交流方式，只有人类才能相互理解，智子永远理解不了，这样人类就能够摆脱智子的监视了。"

萨伊看着女孩思考了几秒钟，然后说："我明白你的意思了。可是，即使能够做到，那种交流方式也只能在两个熟悉的人之间进行吧？并且，我们的交流只能在有限的时间里对智子保密，一旦开始行动，智子立刻就会知道我们到底要做什么。"

"是的，但这也是一种进步，不是吗？对于很多需要在行动前保密的事来说，这已经够了！"女孩仍然显得很兴奋。"我在大学的时候，算是班上最不喜欢和别人讲话的人之一。我不是不会说或者口才不好，我只是单纯地不想说。但很多同学喜欢来找我说话，我尽量用微笑和表情和他们交流。时间久了，有人说我对他们不够尊重，我觉得有点委屈，但也开始思考这个问题：为什么我明明表达了自己的善意，别人却完全误解了它？我开始注意别人在语言之外的表达方式：我观察他们的表情，观察他们的肢体动作，观察他们是眼神先动还是嘴唇先动，观察他们什么时候会暴起青筋，什么时候又会脸红……"

女孩滔滔不绝地说着，萨伊也不断地向她颔首。直到现在，萨伊才真正认识到，自己之前对这个女孩的看法，实在是有些偏颇了。

萨伊说："没错。人类的表情，特别是人类的目光，是最微妙、最复杂的。一个注视，一个微笑，能传达很多的信息。这信息只有人能够理解，只有人才有这种敏感。人工智能最大的难题之一，就是识别人类的表情和眼神，甚至有专家说，对于眼神，计算机可能永远也识别不了。这个想法并不难想到，但是，只有你把它当作一个课题提了出来。"

萨伊停了一下，继续说道："我甚至在想，我可以用你的名义向PDC申请立项研究。一直以来，我们都是在科学上考虑屏蔽智子监控的可能，而你的设想，可能会给人类发明一种更具艺术性的密码语言。"萨伊甚至有些兴奋，她已经完全不再担心这个女孩，"而且，这个设想竟然来自你这样年纪的女孩，你能不能把这些想法进行一下整理，然后给我一份汇总的资料？"

"老师，我带来了。"女孩竟然开始有些脸红，她从自己随身携带的包里，掏出了一本薄薄的书，书的名字是《智子盲区——你的表情和眼神》，作者庄颜。

"不管有没有消灭它们，这都是最接近的一次。无论如何，你我都不必再演了，因为如果它们还在的话，说明我们对它们仍然毫无办法，也就更无须对它们保密什么了。"

"但是，这次我们毕竟已经准备了一年之久……"

丁仪回过头来，盯着吴岳看了一眼，"请大校不要再说下去了，我并不想知道南迦巴瓦峰那个峭壁上发生的事，是不是一种人为的安排。"

"另外，"丁仪说，"要感谢你送我的那本书，没有

**危机纪元第 25 年　07月06日**

国家抗旱固沙植物研究基地。

"丁教授，刚才球状闪电的消失，真的是被低维展开的智子屏蔽了吗？"

"至少我们人类，没有对量子态的球状闪电进行屏蔽的技术。"

"可是，基地的干扰装置不是可以让球状闪电变种吗？"

"智子没有那么多的能量，它也没有办法用物理手段调用宏观世界的能量。但是球状闪电却可以通过展开自身来进行屏蔽。"

"那是不是说明，两个低维展开的智子已经被导弹消灭了？"

它，这一年的表演我早就搞砸了。"

吴岳微笑着对丁仪说："但是，有一件事您一定愿意听到。"

"哦？那是什么？"丁仪眯起了眼睛。

吴岳继续微笑着对他说："至少在刚刚的一个小时里，两个智子一定全部在这里。我想，它们大概也不敢在那个时候离开。一个小时，已经够人们做很多事情了。据我所知，最少有47个人类的计划，把关键的步骤安排在这一小时当中。"

吴岳又走到控制中心落地窗前，暮色中，他的眼睛望向那深邃漆黑的苍穹，想从那里找到一个想象中的光点。

他始终没有找到它，但他心里知道，就在刚才那一小时中，"人类纪念工程"的一架无人宇宙飞船飞向了太空深处，5万个在冬眠中心沉睡了两年的人类胚胎细胞，开始了漫长的星际航程。

# NPC 三体小剧场

终于到决赛了，这次的星际问答比赛，你们有信心吗？

我打赌他们一定比不过我，我这几个月把科幻片全都看了一遍！

这次的题库由双方参与出题，但他们对地球历史的了解一定没我多。

最后竟然是平局！但大家都尽力了……

哈哈，毕竟我们对于彼此都是外星人。

# Three Body Small Theater

如果有一天我们能和三体人和谐共处，你说会发生什么？

我会冲到三体人首领面前，一枪爆了他的头。

你似乎没有理解这个问题的意思。

你似乎没有理解三体人的意思。

0113:00:02

END

去想去去

Imag the Emb

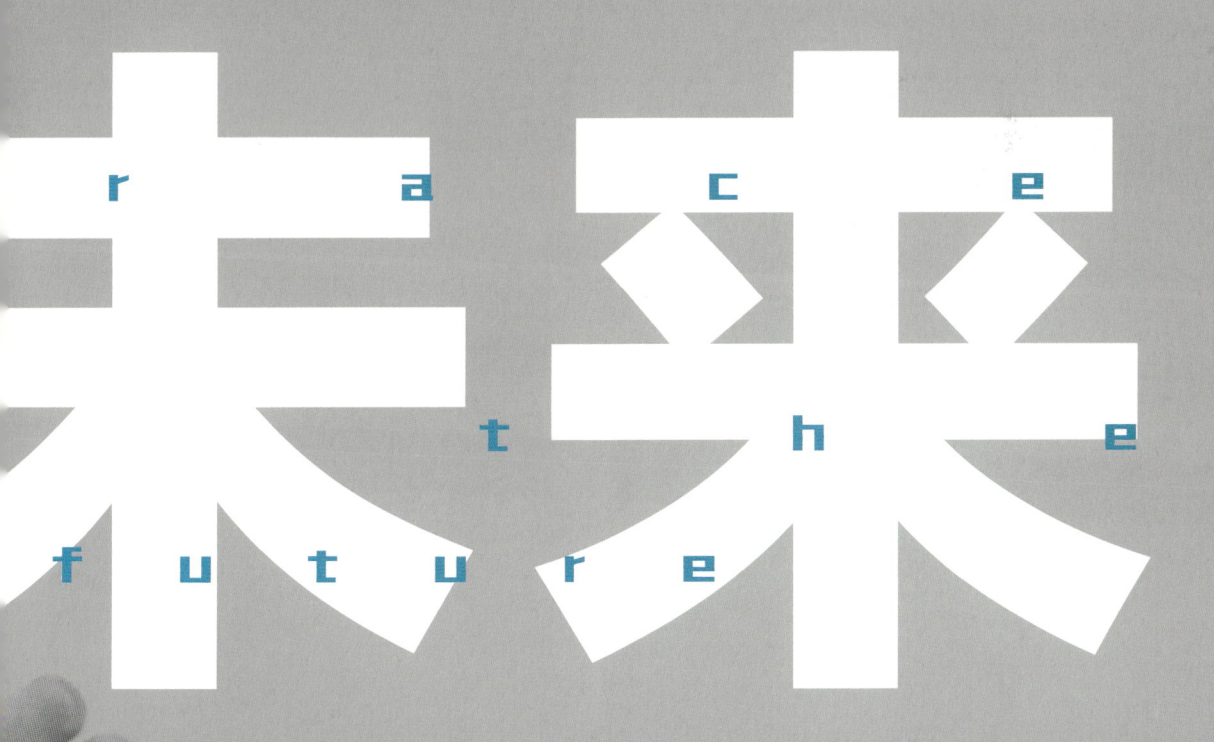

象 in the unknown
未来 race the future

宇宙传递

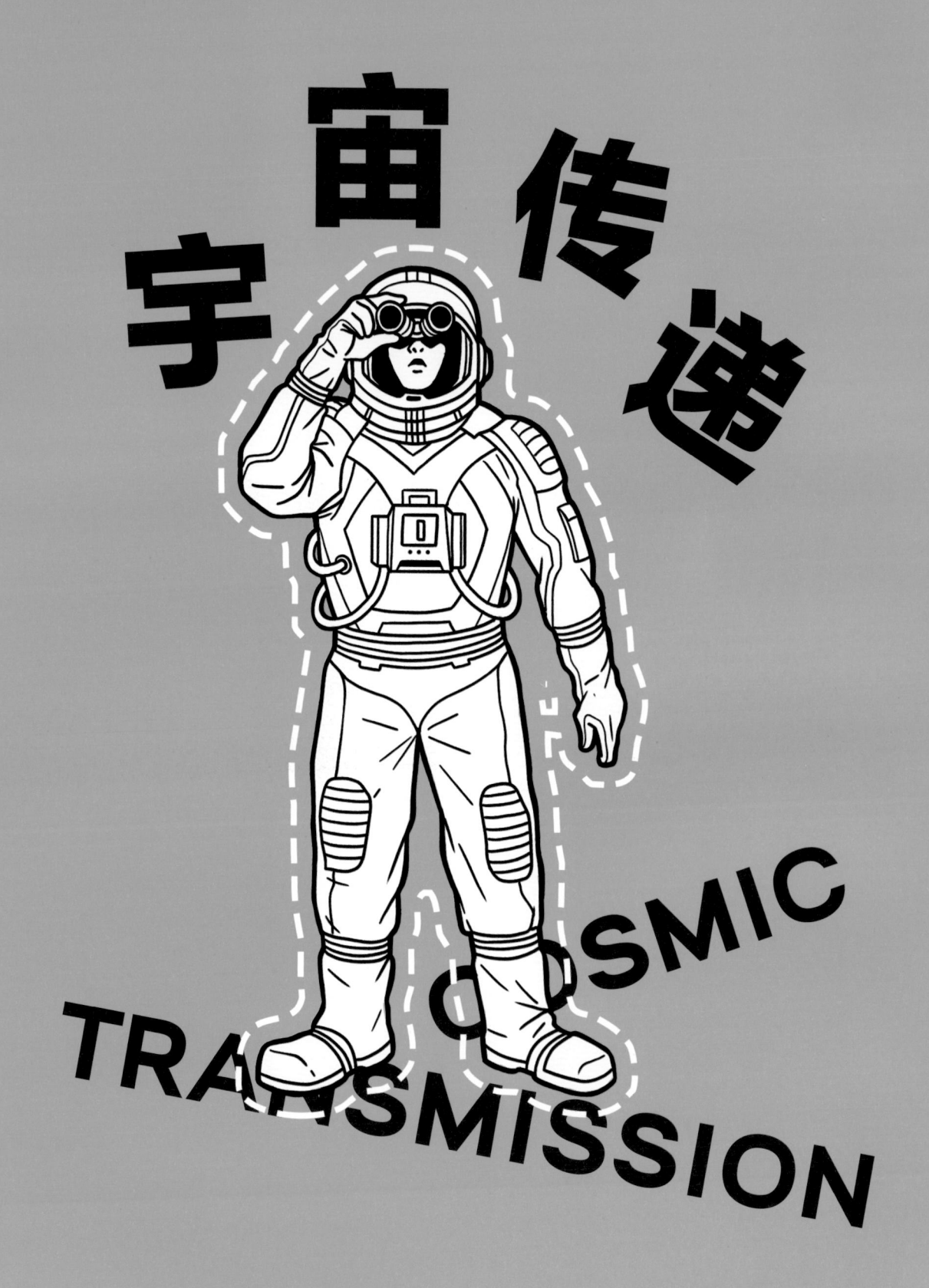

COSMIC TRANSMISSION

# 星辰来信

## LETTER FROM THE STARS

作者 / 张磊

你可曾在抬头仰望星空的时候，
畅想过外星文明？

想象头顶突然飘来一艘造型奇特的飞碟，
它悬停在上空，
向着你射来一束光束——你想要躲，
幻想中的星辰大海便朝着你彻底敞开了门扉，
任你遨游其中。

现在就只剩下一个问题了：
来自星辰的邀请函，到底送哪儿了？

"它们来自尘世之外,遥远的太空,
当然是很有魅力了,
我每拿到一块陨石,就像去了一个新的小星世界一样。"

——《三体:黑暗森林》

### 天外飞仙

仰望天空,感受自然,是人类生活在这颗星球上最早接触的事情之一。早在石器时代与青铜时代,人类便早已接收过来自地球以外的信息:有的是极其耀眼的闪光,有的是划过天际的火球。

尽管我们并不知道其中哪些是来自外星文明的,但无疑这些信号都来自地球以外。纷杂的信息之外,人们只有随着科学的进步才能逐渐揭开宇宙的奥秘。

人类最早接触和使用的铁器,其实就是来自地外的。

在石器时代与青铜时代,人类的冶金技术还不够发达,无法在冶炼中完美控制铁矿石里各种杂质的含量,因此无法靠自己锻造出真正可用的铁器。但他们发现了一种非常特殊的存在——陨铁。

陨铁本质上是铁质陨石砸到地球上的产物,在中国古代,它有一个耳熟能详的别名,叫作"玄铁"。铁质陨石绝大多数诞生于太阳系形成之初,此后便一直是在太阳系辽阔疆域中自由漫步的状态,直到被地球捕获。

由于其特殊的身世，陨铁相较于地球上的铁矿石往往纯度更高（镍铁含量可以达95%以上），影响其硬度与脆度的硫、磷等杂质也更少，碳含量也恰好能控制在一个适当的范围中，不会因为过高而导致其质地变软。而且，由于陨铁万亿年地待在外太空的真空与低温环境中，所以它内部的晶体结构更有序[1]，且往往含有钨、铱、铑等稀有金属，具有相当不错的性质，比如耐高温、耐腐蚀、高强度、高韧性，等等。

在石器时代与青铜时代，如果你有幸捡到一枚陨铁，便能拥有超乎常人的战斗力，即便不认识也能在实践中发现它的特殊性。后人通过用X射线荧光分析等检测方式证实，在我国古代，最晚商朝时就有人将陨铁打造成了武器。商朝中期墓中出土的铁刃铜钺和西周晚期虢国墓中出土的部分铜器的边刃都含有陨铁。后来武侠小说中也喜欢用陨铁来制作神兵利器，为主角增强战力，比如《神雕侠侣》中的杨过，他后期所用的便是传承自"剑魔"独孤求败的玄铁重剑。

---

1　相同的原子以不同的方式排列会有不同的性质，比如都是碳，但石墨和钻石中碳原子的排列结构不同，硬度也就有了天壤之别。同样地，在钢铁中，原子排列所形成的晶体的结构不同，性质也可以有很大的差异。

✧ 陨石

火星陨石 ALH84001 的样本

有可能发生，届时就算人类不想流浪，地球恐怕也不得不离家出走了。

通过陨石，我们不单单能了解太阳系内的历史变革，更有可能一窥太阳系外的峥嵘岁月。不过，这需要我们能足够幸运地捕获一块来自太阳系之外的陨石才行。

这样的机会并不是没有。

2017 年 10 月 18 日，一枚后来被定名为"奥陌陌"的奇怪天体进入了"泛星一号"望远镜的视野。它拥有高达 1.19 的极大轨道偏心率[1]，仅次于之后发现的第二枚"系外来客"鲍里索夫彗星。因此它不可能是太阳系内部的天体，只能是来自太阳系之外的"星际流浪儿"。

奥陌陌的成因目前还不清楚，人们最早以为它是一颗彗星，但发现它缺少彗发和彗尾，也就是彗星挥发物质在太阳风作用下形成的长长尾迹，进而排除了它是彗星的猜想。由于距离过远，我们目前无法通过观察来获得

---

1 当天体绕着一颗恒星运行时，它的轨道可以用圆锥曲线来描述，而偏心率便是圆锥曲线的一个重要属性。当偏心率小于 1 时，天体的轨道是椭圆，所以天体会绕着恒星做周期运动；而当偏心率大于 1 时，天体的轨道就是双曲线，此时天体将只路过恒星，而不会绕着恒星公转。

更进一步的资料，因此有人怀疑它可能实际上是一枚由光帆技术驱动的外星飞船。曾有人指出奥陌陌的轨道似乎并不完全只受引力、太阳风和其他星际物质的作用影响，它可能真的有内部动力！但后来这个说法被证伪了，奥陌陌应该只是一枚纯粹的太阳系外陨石。

如果人类未来有机会获取其物质来研究的话，说不定就能发现奥陌陌家乡的环境到底是什么样的。如果它是外星飞船本身，或者是飞船的某种残骸，那么它将是某种外星文明的见证者。

当然了，陨石带来的除了宇宙的只言片语，还可能是人力无法抵抗的灾祸，比如导致大约 6 500 万年前恐龙灭绝，史称"白垩纪–古近纪灭绝事件"的元凶，目前基本认定为一颗直径 10 千米左右的陨石。

这颗陨石最早属于一颗直径大约 170 千米，名为"巴普提斯蒂娜"的小行星，它运行在火星与木星之间，并于 1.6 亿年前与另一枚直径约 55 千米的小行星相撞，碎裂成了巴普提斯蒂娜小行星带，其中一枚直径 10 千米左右的碎片后来撞击地球，形成了著名的希克苏鲁伯陨石坑，同时毁灭了除鸟类之外的恐龙一族。

约克角陨石

# 注意!

天外来客不仅是来送信的信使,

也 极

的尾迹,这一速度已经远超人类目前能造出来的最快的飞行器(若遇到可能都来不及跑)。

黑洞有时候也会将身边的恒星给甩出来,比如银河系中心的黑洞人马座A*,它曾将恒星S5-HVS1以1 017千米每秒的速度甩出银河系。

✧ 哈勃望远镜 2005 年拍摄的蟹状星云

这些被引力波弹飞或者被黑洞甩飞的大型星体，虽然速度上与《三体》中的光粒没办法比，但其破坏性依然不容小觑。如果这样一枚黑洞或者恒星冲着太阳系来，就算没直接和太阳撞个满怀，也足够让太阳系里的所有行星方寸大乱。要么被恒星吞噬，要么被甩进浩瀚无垠的永暗星际，对人类和地球来说可都不是什么好事。

有 可 能

是 来 为 地 球 送 终 的 刺 客。

黑洞合并模拟图

## 宇宙闪烁

人类能接收到的宇宙信号,可不只有彗星、陨石、小行星这些善恶难辨的家伙,还会有宇宙中耀眼的闪光弹。

宇宙中最明亮耀眼的信号,就数超新星爆发了。

先来简单地介绍一下一颗恒星的一生,尤其是它的暮年。

一颗恒星的内部其实是一片非常庞大且炽热的核聚变场,大量的氢及其同位素在这里不断聚变形成氦。如果恒星的质量不够大的话,那么氦将无法被进一步点燃,只能堆积在恒星的核心处,形成一个氦核。

在《流浪地球》中,太阳核心的氦核就被重新点燃,形成氦闪。这种重新点燃的威力极大,等于处于简并态的氦核同时发生聚变爆炸,这场爆炸会将外面的氢层炸开,进而令恒星的体积膨胀数倍,吞噬掉金星和水星,地球就算没有被直接吞没[1],也会被极高温度烧焦,所有生命都将无法继续生存。当然,正常恒星不可能说氦闪就氦闪,它需要时间的积累,更要求恒星本身的质量足够大。在几百年内我们基本不用担心太阳氦闪。

就和氢的聚变会形成氦一样,氦的聚变还会形成别的更重的元素,比如碳、氧、铁。所以一颗足够大的恒星的中央,其实是一层层不同元素构成的简并壳层,整体上来看就像一颗硕大的洋葱球,掰开外面一层,里面还有一层。

当这颗恒星旁边还有一颗伴星的时候,事情就会变得有趣起来:它可以从伴星那里"偷东西"吃,也就是将伴星身上的物质吸到自己身上。

如果是核心本就处于碳或氧简并态的白矮星,当它从伴星身上吸到足够多的物质时,其核心就有可能再度核聚变,亮度再度提升——这便是新星与(I型)超新星的基本原理。当吸收来的物质还不足以突破白矮星的钱德拉塞卡极限时,核聚变过程虽会被重新激活,但还不至于让恒星内部变成中子简并态,这时的爆发则是新星爆发。如果物质足够多,突破了钱德拉塞卡极限,那么其核心会突然收缩成更加致密的中子简并态,并释放出庞大的引力势能,这股能量要比新星爆发的能量庞大得多,此时就是超新星爆发。

---

[1] 从目前的计算机模拟结果来看,地球正好位于氦闪后太阳表面之外,所以不会被胀大的太阳直接吞没。但此时地球轨道区域充满了太阳喷射出来的物质,所以地球会被减速,最终很可能会落入太阳的血盆大口。

除了这种伴星吸收模式，还有一种可能就是恒星很重，它自身的重量本来就足以将核心压成中子简并态，不需要伴星来提供物质，这种被称为II型超新星。

但无论是哪一种，新星与超新星爆发都是发生于恒星暮年的剧烈事件，它们都会让恒星的亮度在短时间内有一个极大的提升，其释放的能量相当于太阳一生所能释放的能量总和（所以说，我们的太阳这辈子都不可能发生超新星爆发）。

当新星或超新星爆发时，在地球上的人类会看到原本很暗的一颗星或者根本看不到的一颗星突然变得极其耀眼，仿佛是天庭里突然来了一位客人。我国古代将发生这种奇特现象的星体称为"客星"。

东汉中平二年（185年），我国天文学家记录了一枚客星。据《后汉书·天文志》记载："中平二年十月癸亥，客星出南门中，大如半筵，五色喜怒稍小，至后年六月消。"这是人类目前已知的最古老的超新星观测记录，这颗根据现在的天文命名法被命名为SN-185[1]的超新星，在天空中高挂了8个月，人们甚至在白天都能看到它，犹如有一大一小两枚太阳。

最有名的一次超新星爆发记录，是1054年位于金牛座方向的超新星爆发，我国、阿拉伯、日本甚至北美洲原住民阿纳萨齐人都观测到，我国将它称为"天关客星"，而阿纳萨齐人则将它画在了岩画里。这颗超新星之所以有名，是因为它留下的残骸——"蟹状星云"。

根据宋朝天文学家的记载，蟹状星云爆发时，其亮度超过了满月，人们甚至能借着它的光辉在晚上看书，这对读书人来说还真是一段好日子，挑灯看书的灯油费都省了。

而有史以来最亮的超新星，则是1604年蛇夫座方向的超新星SN-1604（开普勒超新星）。这颗超新星位于银河系内部，距离地球仅约1.3万光年，巅峰时是全天最亮的恒星，比金星、木星等太阳系内的行星还

---

1 这里"SN"表示超新星（Supernova），"185"是发现年份。

要亮。张廷玉等撰写的《明史》中也有相关记载:"三十二年九月乙丑,尾分有星如弹丸,色赤黄,见西南方,至十月而隐。十二月辛酉,转出东南方,仍尾分。明年二月渐暗,八月丁卯始灭。"

超新星爆发不仅是我们直接观察恒星暮年行为的机会,对地球,尤其是地球上的生命更是重要。目前人类所用的所有比铁重的元素,都来自超新星爆发。

这是因为,大自然中所有元素都只能通过核聚变的方式,从宇宙诞生之初开始慢慢合成,但比铁更重的元素有一个很奇妙的特性,就是核聚变过程不再产生能量,反而要吸收能量。普通情况下,恒星内部的核聚变过程到形成铁就结束了,再重的元素不可能在正常恒星的内部通过核聚变的方式形成,因为这样的元素一旦形成就会吸收能量,打断正常的核聚变过程,使核聚变无法持续。

但在超新星爆发的时候,情况就不同了:此时的核聚变极其猛烈且完全不受控制,磅礴的能量无处释放,如果不将外面的恒星外壳炸碎,就只能用重核聚变消耗能量。

因此,比铁重的元素,包括银、金、铂等,都来源于超新星爆发的那一瞬间。

超新星爆发时释放的能量非常大,如果爆发的位置距离地球很近的话,那对生命来说就可能是一次不好过的洗礼,因为爆发时释放的伽马射线或X射线

去想象 去未来

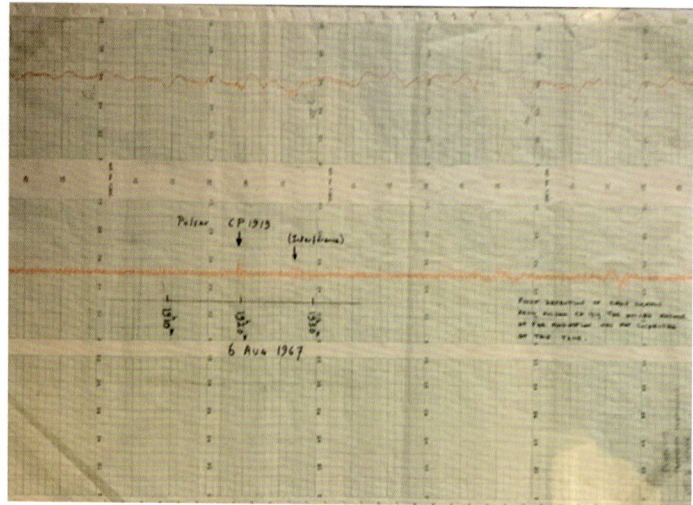

△ 英国天体物理学家伯奈尔　　△ 伯奈尔的观测记录

都有可能引起基因突变，甚至直接杀死生物。

前面提到的SN-1604距离地球就不远，只有约1.3万光年。如果将它移到距地100光年的位置，那么即便是晚上，我们也会发现和白天没有区别，因为它的亮度[1]已经比得上太阳了。而如果将它直接放在太阳的位置的话，那么地球会被直接蒸发掉。

天文学家认为，一般距地3 000光年内的超新星爆发，就有可能危及地球上的生命。

在《超新星纪元》中，御夫座方向一颗长期被星际尘埃遮掩了其存在的恒星突然发生了超新星爆发，导致地球上所有人类染上了无药可治的辐射病，只有12岁以下的小孩子因为症状较轻存活了下来。

在宇宙中，如果真的发生了这样的大事件，恐怕就不是12岁以下才能活下来这么轻描淡写了。有人怀疑发生于约4.45亿年前的奥陶纪–志留纪灭绝事件的元凶，就是一次近距离的超新星爆发。在这场生物大灭绝事件中，大约60%的海洋生命消失了，85%的物种被灭门，在到目前为止的五次生物大灭绝中杀伤力排行第二。

不过好消息是，银河系内的超新星爆发非常罕见，迄今为止也只被观测并记录过三例——当然实际数

---

[1] 关于亮度，有绝对星等和视星等两个衡量指标。前者可以认为是从规定距离（也就是地日平均距离）来看的亮度，而视星等是从到地球的实际距离看来的实际亮度。这里所说的是视星等，超新星的绝对星等是远大于太阳的。

量可能不止于此。

但坏消息是，距离地球仅约 640 光年的参宿四很有可能已经在超新星爆发的边缘了。如果真的在如此近的距离发生一次超新星爆发的话，最糟糕的情况可能是人类文明清档重来，好一点的情况则是毁掉地球上的所有电子设备，让人类文明倒退 300 年。

除了自然发生的超新星爆发，理论上来讲，如果真的存在二向箔（小说《三体》中的虚构武器）的话，那么在恒星被吸入二向箔的瞬间，同样可能点燃其核心处的核反应，引起一次异常的超新星爆发。因此，如果我们在宇宙中发现了一些不那么常规的超新星爆发的话，有可能是观测到了二向箔等超科技武器的痕迹。

比如室女座方向 NGC-4303 星系中的 SN-1961i 这枚超新星，它是迄今为止唯一一枚 III 型超新星。还有小狮座方向 NGC-3003 星系中的 SN-1961f，它是目前唯一一枚 IV 型超新星。V 型超新星现在也非常少见。事实上，这三种类型的超新星的爆发，都无法用 I 型与 II 型超新星模型来解释。它们到底是自然演化的结果，还是真的有什么智慧力量在起作用，现在还不得而知。

这也是我们持续进行天文观测与研究的意义所在：既是在研究自然宇宙，也是在研究科技的边界在哪里，还是在研究潜在的危险可能是什么样的。就算看到了危险，恐怕也无能为力，但总比什么都不知道就完蛋了要好。

除了二向箔，还有没有其他情况可能人为地提前引爆一颗恒星呢？

人类目前的科技水平做不到引爆恒星，可如果是科技足够发达的外星文明呢？将恒星作为"地雷"，一旦敌人来到这颗地雷的 100 光年范围内，就直接引爆恒星，让具有极高能量的粒子流来直接轰击敌方星舰，听起来似乎是一种很不错的战术。也许紧盯星空能让我们有概率在一次不期而遇的观战中，一窥先进星际科技的面容，找到控制恒星力量的关键密码！

这并非完全异想天开。2017 年，北欧理论物理研究所的天体物理学家比阿特丽斯·比利亚罗埃尔（Beatriz Villrroel）率领一个研究团队，在 2022 年的《天文学杂志》上向世人揭露：他们仔细研究比对了从 1949 年到 2014 年的天文观测数据，发现陆陆续续有大约 800 颗恒星莫名其妙地消失了。

它们或许被别的星体挡住了星光，比如本身不发光的近距离大行星或者完全不发光的黑矮星[1]；也可能被冷星际气体云吸收了光线；还可能被别的不发光的大质量星体扭曲了光路，比如还没发展出吸积盘的流浪黑洞；或者这些恒星本来就是变星，现在恰好在其暗淡期；也有可能它们自己静悄悄地坍缩成了中子星或黑洞，而且还没形成吸积盘，喷流方向也不朝向太阳系；还有一种可能是它们被邻近的、此前没被观测到的黑洞或者中子星撕碎吞没了；甚至有可能是当年记载错误。

但也存在一种可能，就是它们被外星文明"定向引爆"了，无论是作为地雷来炸别人的星舰，还是发现有威胁的文明后先行清除。

当然，也可能是外星文明围着这些恒星造起了"戴森球"甚至"黑域"，所以我们看不到它们了。

总之，只要盯着这些消失了的恒星，说不定就能发现一些有趣的东西，无论这些东西是自然形成的还是由什么智慧造成的。

除了新星与超新星爆发，宇宙中还可能看到别的"光影秀"，比如中子星的脉冲辐射、黑洞的喷流、类星体，以及高能伽马射线暴。

中子星的自转速度一般非常快，而且周期非常稳定，因此在一定距离上，我们会看到中子星以稳定的频率忽亮忽暗地眨眼睛，这便是以前将其称为"脉冲星"的原因[2]。

中子星的这种辐射本身可以非常强，与前面介绍的超新星爆发所产生的辐射相比不遑多让。如果真的存在近距离中子星辐射照耀地球这样的事的话，可绝对不是"这颗眨眼睛的星星好亮好耀眼"这么简单，它的每一次闪烁都可能导致一次生物大灭绝。

脉冲星最早是 1967 年由剑桥大学卡文迪许实验室的 24 岁研究生约瑟琳·贝尔·伯奈尔无意间发现的，而后她和她的导师安东尼·休伊什一同对这一现象做了总结与分析，休伊什更借此荣获 1974 年的诺贝尔物理学奖——但伯奈尔没能因为最早发现脉冲星而获奖，对此大家颇有微词，质疑

---

1 白矮星是一种简并态星体，但本身依然会发光发热。黑矮星是白矮星的终极形态，它内部一切热运动几乎都停止了，不再发光发热，由此得名。

2 当然，白矮星也可以有同样的效果，所以严格来讲，"脉冲星"是一类高度磁化、自转周期稳定且辐射恰好能到达地球的白矮星与中子星的统称，但一般还是中子星居多。

△ 黑洞死星概念图

是否存在性别歧视。

而对于足够强大的外星文明来说，这种中子星就仿佛是一挺天然的机枪，甚至都不需要诱导它爆发，只需要设法调整一下自转轴与磁轴的夹角——人类目前当然是做不到的，但足够强大的外星人却有可能做到。

脉冲星定向性非常好、频率非常稳定，除了作为武器，外星文明或许可以将其作为远距离通信工具。比如，利用另一颗暗星和它构成的双星系统，对其轨道周期做一定的调整，进而将信息传递出去。

顺便一提，最早发现脉冲星的时候，伯奈尔和休伊什甚至一度认为这是来自"小绿人"的通信信号，将其命名为"LGM-1"，其中LGM就是小绿人

去想象 去未来 113

（Little Green Man）的缩写。事实上，差不多同时，美国军方也发现了这一电磁信号，但考虑到可能是外星文明的通信信号等，所以一直秘而不宣。后来发现，这又是一次美丽的误会。

黑洞喷流是另一种常见的星际粒子束。物质在落入黑洞的过程中，由于黑洞强大的空间扭曲效应而被挤压、摩擦从而被加热到一个极高的温度，形成了强大的物质与X射线喷流。

黑洞喷流的能量极高，如果说脉冲星的脉冲辐射是机枪，那么黑洞喷流就是大炮。如果外星人事先"捕捉"到了一个没有吸积盘的"野生黑洞"，那么在关键时刻就可以考虑将敌人引诱到黑洞自转轴方向上，然后将恒星丢给黑洞，人为促成黑洞产生高能喷流来攻击对方。

这可比《星球大战》里的死星要方便得多，因为黑洞本身体积小，还不发光，很难被人发现，更别提摧毁它了。而且，实在不行，还能直接丢黑洞来攻击嘛！

黑洞及其喷流的另一重身份，便是类星体。

类星体是活跃星系核，其实也就是一颗数百万至数十亿太阳质量的超大质量黑洞。数不清的恒星物质散落在这个庞然大物身边的吸积盘中，源源不断为其补充物质弹药，让它可以夜以继日地向外喷发出极其巨大的电磁辐射与粒子流。

类星体的功率非常巨大，最强大的类星体的辐射强度大约是银河系这样的普通星系的总辐射量的数千倍。而等它的能量消耗得差不多后，它会逐渐平静下来，并进一步演化为我们更常见到的旋涡星系或椭圆星系。

最后还有一类很有趣的电磁辐射现象，被称为伽马射线暴。

伽马射线暴的成因有很多种，比如超大质量恒星临终时的内爆，在形成黑洞的同时，爆发出巨大的伽马射线，这是和超新星爆发相伴的天文事件。

但它也有可能是由两颗中子星或黑洞的相互碰撞所引发的，甚至一些被称为"软伽马射线重复爆发"的现象，其源头就是磁星，一种拥有极高磁场强度的中子星。

和超新星爆发相比，伽马射线暴的能量更集中，也更强，危险性自然也就更大。如果说脉冲星是机枪，黑洞喷流是大炮，那么伽马射线暴无疑就是东风导弹了。

由此可见，宇宙中的灯光秀虽然璀璨绚烂，实则杀机四伏。任何一次距离地球足够近的宇宙"灯火晚会"，都有可能将地球这个新手村抹平，将所有生

△ 伽马射线暴概念图

去想象 去未来 115

命扫入归墟[1]。

## 时空涟漪

除了星际信使与光影秀，我们从宇宙中能获得的信息还可以有很多。

比如在《三体》中被多次提及的中微子通信，就是一种我们现在能在宇宙中观测到的信息——只不过我们目前只能进行很简单的观测活动，还不具备发送这类信息的能力，当然也还没从中微子中获得任何有文明痕迹的信息。

中微子是一类非常特殊的基本粒子，它们几乎不参与任何相互作用，只能在极小的尺度上参与弱相互作用，或者在极大的尺度上被引力影响。

这就表示中微子是一种很好的信息传递媒介，因为要阻止中微子的传递是非常困难的。就比如前面提到的恒星失踪问题，如果我们的中微子探测技术足够发达的话，就可以通过观测恒星的中微子踪迹来判断那些恒星是真的失踪了，还是只是被藏起来了。

当然，要拦截中微子是一件相当困难的事情，也意味着要获取中微子信号是一件非常困难的事情。人类目前的中微子接收方案，基本上都会采用超大体量的水来配制"液体闪烁液"，比如我国的江门中微子实验中心探测器。大量的水就意味着大量的质子，而中微子与质子有一定的概率发生反应，形成中子与反电子，而后反电子又会很快与电子发生湮灭，从而发出信号。中微子探测器其实就是正反电子湮灭信号探测器，而由于中微子与质子的反应概率极小，因此想要收集足够多的信号，就必须使用足够多的水，比如江门中微子实验中心探测器中的液体闪烁液多达 2 万吨。

另外，中微子源也非常独特。人类目前已知的中微子源只有三类：宇宙中无处不在的中微子背景辐射（有别于作为电磁波存在的微波背景辐射，它同样是宇宙极早期遗留的残骸）、恒星内部核反应制造出的中微子，以及人类的粒子加速器。

通过观测中微子，我们可以获得关于宇宙早期以及恒星内部的宝贵信息，当然也能得到关于中微子自身的重要信息，比如中微子振荡以及中微子质量。我们甚至还有可能获得关于其他文明的信息，比如别的文明在做粒子实验时可能留下的踪迹，甚至是其他文明之间的中微子通信信号。

---

1 出自《列子·汤文》《庄子·天地》以及《山海经·大荒东经》。原意是海中的无底深谷，后比喻事物的终结、归宿。

△ 江门中微子
实验中心探测器

除了中微子，引力波也是一类非常重要的宇宙信号。

事实上，万事万物都能发出引力波，但引力波本身非常非常微弱，现在能被我们接受并识别出来的引力波信号，基本上只能通过中子星或黑洞来产生，而且目前也主要产生于中子星或黑洞的合并事件。2016 年 2 月 11 日，人类首次观测到的引力波信号，便源自一枚 29 倍太阳质量与一枚 36 倍太阳质量的黑洞的合并。

但理论上，能产生强大引力波的天体事件还可以有很多，其中有不少如果真的被我们观测到的话，无疑会极大地推动人类科学的发展。

比如在超对称理论中可能会出现的矢量玻色子星（一种假想天体），它的引力波信号与中子星、黑洞的引力波信号都不同，如果我们真的观测到这类信号的话，这无疑是对超对称理论的重大支持——目前包括 LHC（大型强子对撞机）在内的人类实验设备都没观测到超对称理论所预言的现象。如果真的观测到了矢量玻色子星，那无疑是对人类技术的一次当头棒喝。

再比如一些非广义相对论的引力理论所预言的引力波信号，它们如果被观测到的话，可能就会给人类当前关于暗物质与暗能量的认识带来极大的改观。

还有著名的"宇宙弦"，一种早期宇宙量子场遗留下来的拓扑缺陷，可以拥有异常高的能量，产生非常独特的引力波，甚至还可能造成足以跨越时间障碍的虫洞。最近就有研究

去想象 去未来

团队声称已经发现了一根宇宙弦的踪迹,如果是真的的话,那无疑是一次重大的突破。

除此之外,就如《三体》中所说的那样,引力波本身的不可屏蔽性也让它成为一种很不错的星际通信手段。观测引力波说不定就能听到外星人的歌声,这么想想是不是觉得很值得期待?

事实上,考虑到可能的生命形态应该远不止人类这一种,或许我们能从星际空间中获取更多更加意想不到的信息。

比如说,在中子星这种超级严酷的引力环境中,寻常物质是绝对不可能存在的,更不用说人类这种以分子之间的化学作用构筑起来的生命,以及由人类缔造的文明体系了。

但这不是说中子星上就只有一片中子简并的死寂。

在理论物理中,有一类非常特殊的物质形态,被称为多夸克强子。

一般的物质,可以分解为电子与原子核,原子核中的是质子和中子,它们被称为"强子"。每个强子都由三个夸克构成,比如质子是由两个上夸克和一个下夸克构成,中子则是两个下夸克和一个上夸克构成。强子之间通过交换介子来相互作用[1],而介子由两个夸克构成。

太空中、恒星里、地球上,基本都是如此。

可在一些特殊环境中,比如中子星上,或者理论上可能存在但实际天文观测中还没看到的夸克星上,理论研究表明可能存在由四夸克、五夸克甚至六夸克构成的多夸克强子物质。

这是一种非常独特的物质形态,而且向我们传达了一个信息:中子星乃至夸克星上的物质不是单一的,可能可以存在不同的物质形态与结构。

因此,在这些极端引力环境中,虽然我们熟悉的生命形态是肯定不存在的,但通过多夸克强子物质,以及它们之间的夸克胶子化学作用,却可能存在独特的生命形式。这些多夸克物质就如我们的分子那样,不断组合成更加复杂的生命,但它们只能存在于中子星那样的极端环境中,根本无法离开星球表面。

---

1 这是在强子之间描述的图景。如果将视线进一步深入,考虑强子内部夸克之间相互作用,那么就是交换胶子来实现相互作用。

> 不过，生命无法离开，
> 不表示信息也无法离开。

2023年的一项研究表明，中子星上的"山丘"可以比我们所预期的还要高。我们本来认为中子星上的山丘可能只有几毫米最多几厘米级别的高度，可最新的计算与模拟表明，或许可以存在几米这个级别的"高山"。

更有趣的是，这种中子星上的"喜马拉雅山"，能够在可观测的程度上影响高速自转的中子星所产生的引力波。

因此，理论上来讲，多夸克强子构成的"周杰伦"可以通过指挥一群简并态"愚公"有节奏地移山，来向浩瀚无垠的宇宙广播自己新创作的引力波版《梯田》。

对于中子星双星系统来说，它们上面的强子文明乘坐星舰相互攻击恐怕只能是天方夜谭了，但通过引力波互喷口水却不完全是痴人说梦。

如果有一天我们的引力波观测技术足够发达，真的从引力波中破译了一段聊天记录的话，我们大约也不用感到过于惊讶吧。

更有甚者，虽然在星系的核心区域不可能存在通常意义上的生命宜居带，但对于这种中子星生命来说，星系的核心区域却并非完全的生命禁区。那里说不定正在开一场引力波演唱会，只不过我们暂时还没这个本事去聆听。

事情还可以变得更加有趣。

物理学中有一套理论被称为"大尺度额外维"，其中衍生出了一种被称为"膜宇宙"的独特宇宙学模型。

在这套理论中，我们所处的四维时空（三个空间维度加上一个时间维度）不过是五维时空中的一张膜，就好比我们三维空间中的一页书。当然，作为时空膜的这"一页书"是无穷大的，并不像普通的书页那样有明确的边界。

所有物质以及引力之外的相互作用都只能在这一张膜上传递和发生相互作用，唯独引力是可以在膜之间传递的。这样的模型可以解释不少现象，比如为何引力相较于其他三种相互作用力那么弱。那是因为大量引力都跑到书页外头去了。它还能解释在大尺度上的引力异常现象，因为书页本身是弯曲的，所以一部分引力通过书页来传递，另一部分是穿越弯曲书页之间的空间直接传递的。

这套理论更有趣的地方在于，它能用来解释暗物质与暗能量：它们不过是我们隔壁那几张膜上的物质对我们这张膜的引力作用，因为它们在其他膜上，所以我们看不到而已。

至此，事情就变得有趣起来：当我们通过引力波来聆听宇宙中那些优美的弦音时，我们甚至有可能听到来自另一个宇宙的歌声。

这就好比以前我们收听无线电广播，听着听着，突然串台了。而暗物质与暗能量便是串台歌手的歌声，只不过我们目前还只懂欣赏中文儿歌，串台歌手唱的却是鲸歌。

如果我们真的可以在未来的引力波天文学中观测到这样的"串台信号"，就有可能借此了解另一个宇宙甚至整个五维时空的信息，从而可以像刘慈欣笔下的云天明那样，送给心爱的人一个子宇宙。

### 请柬今何在？

当然了，现实可能没那么浪漫与美好，毕竟我们现在的技术还远远达不到能聆听中子星引力波微小变化的程度，更不用说多夸克强子很可能根本不存在，大尺度额外维也不过是一个数学上的可能。

事实上，目前最让人揪心的事恰恰就在于，虽然人类的科技水平的确不怎么高，但周围的宇宙实在寂静得让人感到一丝害怕。

我们已经拿到了陨石，看到了星爆，

↑ 宇宙引力波大合唱概念图

甚至还在试图捕捉中微子与引力波中夹带的信息私货，可无论我们如何分析，想象中的小绿人却始终没有朝我们挥手。我们还让"旅行者"带着载有人类文明信息的金属圆盘离开了太阳系，更是朝着深空发送了阿雷西博信息，但很可惜的是一点回音都没有。

到目前为止，人类已经收到了不少疑似来自外星人的信号。比如前面提到的脉冲星信号，最后发现其实是来自脉冲星而非小绿人。再比如 2022 年被誉为"中国天眼"的 FAST 发

去想象 去未来

现的"疑似地外文明信号",这个信号的频段非常窄,根本不可能是自然形成的,所以一时之间被广泛热议,可结果发现是人类的雷达干扰。事实上,就和很多所谓的"UFO目击事件"一样,目前人类接收到的所有疑似地外文明信号,最后发现都是乌龙,想想实在令人感到忧伤。

当然,提到外星人,就不得不提到此前传得沸沸扬扬的墨西哥外星人遗体,它最近也基本被证明不是外星人了。

所以,到底有没有外星人,或者说外星文明到底在哪里,这个问题现在依然没有答案,费米悖论依然在那里矗立着。

最让人绝望的答案,可能就是宇宙中的确遍布智慧与文明,但彼此之间的距离实在是太遥远,以至于任何一个文明在其有生之年都不可能接触到另一个文明。

事实上,根据德雷克方程,银河系中也可能只存在两个文明[1]。既然一个文明是人类文明的话,另一个文明最有可能在银河系的另一侧,距离我们差不多 5 万光年。要在 5 万光年左右的距离找到另一个文明,不能说绝对不可能,至少不是一个人耗尽一生能看到的。

---

1 确切地说,关于这个公式的最悲观预期,是 2.31 个文明。

而如果光速真的是无法逾越的屏障，虫洞也是不可实现的妄想，一个文明要如何跨越5万光年的距离去和对方握手呢？

但这并不妨碍我们继续仰望星空。因为仰望的过程，其实比看到什么更重要。

我们在寻找假想中的小绿人的过程中，不断打磨自己的技术，提升自己的科学水平，最终我们或许没有看到飞碟里的七肢桶，但我们却有可能掌握离开地球、探索星辰的科技。

说不定外星文明真的遍布宇宙，只不过由于我们技术水平还不达标，因此它们不愿现身。如果是这种情况，而我们却过早地放弃追寻的话，那岂不是太可惜了？

虽然一个婴儿号啕大哭许久之后发现，周围连一条狗都没有，是一种非常无助的寂寞，但与连哭都不哭就躺在那里等死相比，这已经更能让人看到希望了啊。

# 科技新视角

# NEW PERSPECTIVES ON SCIENCE

# 把大象塞到冰箱里去

## THE TRIUMPH OF ICARUS

作者 / 纪敬

"丁博士!" 他对那人喊道。
当丁仪拿着一大把桃花走到车前时,
他笑着问:"这花是送给谁的?"
"这是核聚变的热量催开的花,
当然是送给我自己的。"

在鲜艳花朵的衬托下,
丁仪显得满面春风,
显然还沉浸在刚刚实现的技术突破带来的兴奋中。

——《三体:黑暗森林》

印度古吉拉特邦莫德赫拉的太阳神庙

## 神的力量

"东南海之外，甘水之间，有羲和之国。有女子名曰羲和，方浴日于甘渊。羲和者，帝俊之妻，生十日。"这段话出自《山海经·大荒南经》，是中国古人对太阳女神羲和的描述。借由想象，我们回到那个遥远而神秘的年代，天空中那颗散发无尽光芒的太阳，伴着人们的耕织劳作，驱散黑暗，隔开日与夜。它无私无尽的给予让古人产生了崇拜与敬畏，想要探究却无法亲近形成了那种遥不可及的疏离与神秘。于是，羲和被古人创作出来，以"太阳之母"的名义出现，用女性独有的温柔特质与母亲的形象将古人与太阳的距离拉近。在羲和出现的同一时期，或者更早，也或者晚些，在亚欧大陆的西端、南方，非洲大陆的北方，北美大陆的某处，我们都能轻松地找到关于太阳的神话故事。人格化的太阳出现在希腊神话、埃及神话、印度神话、印第安神话等人类文明史上诞生的主要神话体系之中，太阳崇拜比比皆是。可这一切又是为什么呢？冷静下来思考，我们可以理解为，用人的形象去描绘神

不要回答：红岸

秘而令人畏惧的自然之力，以便抵抗那种既无端地赐予一切，又可轻易摧毁万物的恐惧力量，这是人类这个物种在特定认知下解释世界的一种方式。

太阳升起，黑夜褪去，随之而去的是黑夜里伺机而动的野兽，随时可以夺走生命的狩猎。伴随着日出的霞光，那黑夜里感官和行动力降到最低时的恐惧也散去。植物得以生长，劳作有了回报，生命和部族延续周而复始。因为有了太阳，人们似乎开始掌握自己的命运，于是太阳以人的形象被描绘，以神的力量被崇拜。在那个遥远的时代，神话与宗教就如同如今的知识，如何描绘太阳如同释经权，是一种力量和权力，掌握它的人就拥有了相同的力量和权力，继而改变多数人的生活方式。但古人并没有止步在仅用神话传说及宗教来描绘太阳，在生存本能的驱动下，对于权力的渴望，对于未知的恐惧，

里昂圣让大教堂内的钟

注定在新的历史时期形成新的解释，诞生新的力量。

"乃命羲和，钦若昊天，历象日月星辰，敬授人时。"这段出自《虞书·尧典》的文字，描绘了尧帝曾命羲仲、羲叔，和仲、和叔两对兄弟分驻四方，以观天象，并制历法的典故。这也是人们开始研究太阳的历史痕迹。如今我们习以为常的历法与对时间的描绘，是基于古人对太阳每日、每年运作的观察，像刻在血脉中的习惯一样，不断延续，不断更迭。人们推翻既往，赋予新知，关于太阳的古老知识，在新工具的帮助下逐渐抵达今日。而我们也未曾停下对太阳的观察与研究，想象一下，几千年后的人们会如何看待今日我们对太阳的认知？古人确信的真理，轻易被我们推翻，那我们此刻认定的真理是否也会被几千年后的人们推翻呢？这是抵达后才会知道的答案，但抵达的过程却是我们目力所及，可以驱动改变的。

那么是谁用什么样的描绘定义和奠基了我们今日对太阳最新最权威的认知呢？这个新的认知又会在多大程度上改变如今的时代，继而去到未来呢？

## 神的离去

1906 年，莱茵河左岸，斯特拉斯堡，法国和德国文化交汇之处。在这个历史悠久、法德曾多次交替拥有主权的小镇上，一声婴儿的啼哭开启了人类科学史的一个新纪元。此时，镇子上平静生活的人们，乃至全世界都没有一个人会想到，这个被他父亲起名为汉斯·贝特的孩子将在人类关于太阳的认知史上翻开一页辉煌华丽的新篇章。1967 年，年逾六十的汉斯·贝特终于收获了迟到许久的诺贝尔物理学奖，此时，距离他提出两种核反应过程来解释太阳的能量来源已经过去了将近 30 年。而距离《山海经》和希腊神话、埃及神话的时代，距离那个曾经由人格化的神来释经的时代，人类文明也已跨越数千年。个体寿命无法跨越的时间长河，孕育和延续了人类对于太阳的探索。而汉斯·贝特正是那些使以人类自身形象描绘的神走下了神坛的人之一。于是人走上了以自身为中心的人文主义之路，而那些曾被我们顶礼膜拜的神逐渐离我们而去。当下多数人已经相信汉斯·贝特所发现的理论。新的理论带来新的力量，而新的力量将诞生新的权力，一个由人类掌握神话时代的神的力量的新时代已经徐徐到来。

"表彰其对核反应理论的贡献，特别是关于恒星中能源的产生的研究发现。"这是 1967 年诺贝尔物理学奖颁奖词对于汉斯·贝特成就的表述。于是核聚变与恒星能源产生的原理在真正意义上被联系到了一起。但汉斯·贝特并不是第一个尝试解释恒星能量来源的人，也不是核反应理论的奠基者。1919 年英国人弗朗西斯·阿斯顿在实验室里证实了氢原子核的碰撞可以发生核反应，同年，欧内斯特·卢瑟福也证实了核反应的存在，这两位诺贝尔化学奖得主揭开了核反应的面纱。次年，英国天文学家亚瑟·爱丁顿在《恒星内部构造》一文中提出，包括太阳在内的恒星是由氢的核聚变提供动力的。汉斯·贝特正是在这些知识与他人的研究的基础之上，成功解释了太阳的能量来源。于是，人类终于明白哺育地球万物的太阳永恒且源源不断的能量的秘密。既然太阳的秘密被人类清晰地认知，那么去掌握这种力量，以人之力建造一个足以媲美太阳的存在就成为人类魂牵梦绕的梦想，这种梦想来源于物种的本能和欲望。太阳遥远且不可控制，那么我们可以建造一颗属于我们自己，完全可以掌握的"太阳"。

但这究竟是一种什么样的力量？而这种力量将会在多大程度上改变人类的未来？

☆ 希腊光明之神阿波罗

## 人之力

大约 50 万年前，人类祖先第一次掌握了火的使用方式。火并不是能源本身，但人类可以通过用火来获取有机物中积累的太阳能量，这是文明史上的一个巨大进步。对火的使用彻底改变了人类这个物种的发展，使得人类走出"蛮荒"，开始有机会探索这个世界。大约 1 万年前，农业诞生，人类学会了种植与驯养，从此可以从植物和动物身上获取它们所积累的太阳给予的能量，翻开了自主生产与使用地球物质所积累的太阳能量的新篇章。随后几千年，蒸汽机与内燃机相继被发明，让人类可以更高效地使用煤炭和石油这些化石能源，而化石能源的来源也是地球生物质储存的太阳能量。我们惊奇地发现，人类文明的进步与如何有效使用太阳能量息息相关。

于是，在刻在身体深处的好奇心和欲望的驱动下，人类将目光投向了一切能量的来源——太阳。而汉斯·贝特等科学家的发现，让我们亲手将祖先们所塑造的神明彻底地拉下了神坛，既然神明已经不再高高在上，那么人类自己就开始攀登那高耸入云、难见尽头的高塔，哪怕每走一步都有可能重重摔下，粉身碎骨。

1945 年 7 月 16 日，清晨，美国新墨西哥州阿拉莫戈多，人类制造的第一颗原子弹用升腾的蘑菇云永远地标记了一个时代的开始。奥本海默，这个如

同神话时代里的普罗米修斯的盗火者，把太阳的力量带到了人类身边。很快，在 8 月 6 日，日本广岛上空另一朵蘑菇云让全体人类第一次见证了人类所掌握的力量。爆炸中心温度将近 7 700℃，风速 440 米每秒（相当于 12 级台风的 10 倍），伴随着各种射线，让 7 万多人瞬间死亡。核反应的力量从此在全体人类心中形成了无须描绘的共识，可能也是人类历史上最无可争议的共识。在我们生活的时代里，或许依旧有人相信地球是一个平面，怀疑某个科学理论，但或许已经没有人会去质疑核反应的力量。这种力量的掌握者拥有重塑世界格局的权力，依附于这种力量之上的政治斗争与博弈最终形成了当下的底层规则。这种基于破坏的力量只能在战争时期影响战争进程，在和平时期达成某种政治上的均势与平衡，还不足以将人类的文明推向另一个高度。

历史已经再一次证明，人类不会止步不前。在第一朵蘑菇云升起的同时已有人将目光投向寻找一种非破坏性的核力量使用方法。通俗地说，要把一颗无害的太阳，一颗不会摧毁一切的太阳，一颗温顺可控的太阳带到人类世界。历史和当下已经逐渐向人类展现，这颗"太阳"的出现，将会比历史上任何一次变革都要剧烈，因为它早在远古时代已经被人类崇拜，人类时时刻刻沐浴在它的赐予之下，也会随时因它而遭遇毁灭般的灾难。如今人类亲自测试了它的破坏力，所以，掌控它必将带来一场天翻地覆的变革。那么这种可控的巨大力量究竟会在什么时候以什么样的方式出现呢？它的出现会不会也伴随着毁灭呢？

太阳于万物

◆ 原子弹爆炸产生的蘑菇云

## 核裂变、核聚变、可控核聚变

核裂变、核聚变、可控核聚变，要讲清楚这三个词所代表的意义，就让我们将目光再次投向1945年的美国新墨西哥州。在那个时代，奥本海默与人类历史上最秘密的计划之———"曼哈顿计划"，只是一团迷雾。世界上绝大多数人的焦点都在那场人类历史上规模最大、涉及国家最多、伤亡最为惨烈的战争之上。关于如何结束战争的讨论多数时候依旧集中在如何在战场上击败对手，以及与之相关的外交和政治手段。对于结束这场战争还需要多少时间，以及付出多大代价，没有人可以给出精确的计算。决策者们都明白，为了结束这场战争，人类还有很漫长的道路要走。但是，几个月后一切都发生了改变，迄今为止最宏大的战争结束在人类对微观世界的认知上，由微观粒子所爆发出来的能量摧毁了城市，也摧毁了人类曾经的认知。科学技术一直以来都是人类发起和结束战争的重要基础，但这一次它所展现的力量震慑人心，改变并重塑了世界。

原子核在吸收一个中子以后会分裂成两个或更多个质量较小的原子核，同时放出两到三个中子和很大的能量，又能使别的原子核接着发生核裂变，这个过程持续进行，被称作链式反应，反应的过程将会释放出巨大的能量。这就是人类对于核裂变的定义。我们可以将人类发现的这个规律视作"曼哈顿计划"的缘起。无论人类出于什么样的现实原因启动了"曼哈顿计划"，若没有这个被发现的规律，一切将无从谈起。现如今，我们可以精确地计算出1千克铀-235全部的核裂变将产生20 000兆瓦时的能量，与燃烧至少2 000吨煤释放的能量一样多，相当于一个20兆瓦的发电站运转1 000小时。

即便核裂变的秘密已经被人类窥探，但要使用这种力量谈何容易。所以，"曼哈顿计划"也并非一帆风顺，除了无数工程的难度，人类对于核裂变反应的认知局限所导致的恐惧和忧虑才是横亘在能否使用这种力量之间的墙，而且是一道难以逾越的墙。2023年，电影《奥本海默》中，克里斯托弗·诺兰导演无与伦比的影视语言加上演员基里安·墨菲的精湛演技，向我们展现了奥本海默这位顶尖的科学家，这位"曼哈顿计划"的负责人心中对于核裂变链式反应的恐惧。电影中几次关键镜头的表达都指向奥本海默对于核裂变的链式反应一旦开启就不会停止的恐惧。如果奥本海默所忧虑之事真的发生，那么人类制造的不是一颗意图终结战争的炸弹，而是一个终结人类本身的毁灭性武器。一颗核弹的爆炸引发无法停止的链式反应，最终在地球上摧毁一切，包括所有生物及其曾经存在的痕迹。今天的我们可以轻松给出答案，链式反应并没有也不会造成世界的毁灭，但是对于79年前的奥本海默和那些参与其中的人来说，没有人能给出答案，或者给出的答案并没有得到过验证。我们可以想象将是否启动这种可能毁灭世界的力量的决定权交付在一个人的手中时，他所背负的恐惧和忧虑，而他唯一的武器就是科学。

"曼哈顿计划"的成功，意味着人类似乎掌握了核的力量，但这种掌控却没有彻底驱散人类对于这种毁灭性力量的恐惧，相反这种恐惧不断蔓延，开始植根在人们的心中。可是，任何一个人都难以阻止历史向前的惯性。在核裂变理论下的原子弹展现了它巨大的破坏力之后，1952年11月1日，在广袤无际的太平洋上，美国人测试了人类历史上第一颗由核聚变理论主导的氢弹，这颗重量为65吨的氢弹爆炸时产生的威力是1945年8月在广岛上空爆炸的那颗原子弹的500倍。人类突然开始意识到，即便链式反应会终止，人类依旧第一次制造出了足以毁灭人类整体的武器。2020年8月20日，俄罗斯国家原子能集团公司在其官方账号上发布了一部长达30分钟的纪录片，首次展示了"沙皇炸弹"试爆的细节。1961年10月30日，图-95熊式轰炸机在北冰洋地区投下被称为"末日武器"的氢弹，其威力相当于3 800颗在广岛上空爆炸的原子弹。当人类还未从对核裂变理论下的原子弹的恐惧中挣脱出来的时候，核聚变这种更可怕的力量已经实实在在地展现在了人类面前。

但这一次，面对足以毁灭人类整体的力量，恐惧本身推动了人类历史上另一次集体性共识的形成。1996年9月10日，联合国大会通过了《全面禁止核试验条约》。缔约国将做出有步骤、渐进的努力，在全球范围内裁减核武器，以求实现消除核武器，在严格和有效的国际监督下全面彻底核裁军的最终目标。所有缔约国承诺不进行任何核武器试验爆炸或任何其他核爆炸，并承诺不导致、鼓励或以任何方式参与任何核武器试验爆炸。2022年1月3日，中法俄英美五个核武器国家的领导人发表《关于防止核战争与避免军备竞赛的联合声明》。终于，在掌握核力量之后的50年左右，人类就实质性地达成对于这种力量的限制。

对于武器化的限制并没有使得人类按下追求这种力量的暂停键。事实上，人类对核反应的运用在武器和能源开发上几乎是同步进行的。1954年，苏联奥布宁斯克核电站并网发电，揭开了核能发电的序幕，此时距离恩里科·费米在芝加哥大学负责设计建造人类历史上第一座核反应堆仅仅过去了12年。于是，基于核裂变原理的核电站向人类提供了巨量且廉价的能源。能源是人类生活和生产的基础，在这一点上它推动了人类文明的进步，改善了人们的生活，使得科学技术不断发展。虽然这种基于裂变原理的核电站会诞生难以处理的核废料，但是也无法阻止核电在人类社会的迅速崛起。直到1979年

⭐ 核聚变反应示意

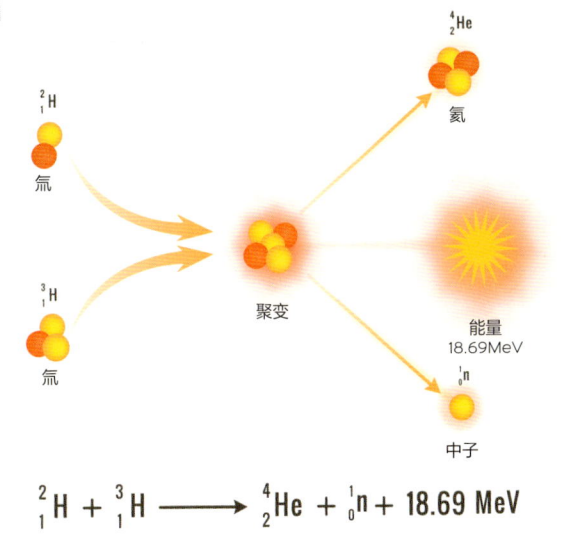

$$_1^2H + {}_1^3H \longrightarrow {}_2^4He + {}_0^1n + 18.69 \text{ MeV}$$

的美国三哩岛核泄漏事故以及1986年的苏联切尔诺贝利核泄漏事故，全球核电发展迅速降温。而我们记忆犹新的福岛核电站事故恍惚间就在昨日。核武器的阴影还未消散，核泄漏的阴霾又开始笼罩全球。于是，谈核色变的人类再次将目光投向远方。这个时候，一个掺杂人类愿望的新词语被创造出来。从诞生之日起，这个词语就承载着人类美好的愿望，它所指向的不是一种对规律的描述，而是一个目标，背后是对实现这个目标之后美好世界的向往，因为人们相信，那颗温顺可控的人造太阳，将在人类的有效控制之下无害地哺育人类文明，滋养所有生产活动，推动一切向前。而这个词语就叫作可控核聚变。顾名思义，我们可以看出这个新技术的焦点在于可控，那么可控对于这门新技术意味着什么？在人类追逐太阳能量的过程中，它会不会成为人类无法驯服的力量，继而让可控核聚变成为永远无法实现的梦想？

核聚变，又称核融合、融合反应或聚变反应，是一种将两个较轻的核结合从而形成一个较重的核和一个很轻的核的核反应形式。两个较轻的核在融合过程中产生质量亏损，释放出巨大的能量。这种反应会发生在特定的条件之下，比如高温或者高压。其中，作为核聚变反应物之一的氘及反应产物氦都是没有放射性的。因此，相较于核裂变，核聚变反应不会产生高水平的核辐射及核废料，可以被视作一种清洁且高效的能量来源。排除一些尚处于科幻想象中的能量来源，核聚变几乎满足了目前人类认知中关于能源的所有诉求——清洁、廉价。因为核聚变所需反应物易得且单位产出远高于现今其他能源所需要的材料，所以人类喊出了可以解决未来一万年发展所需的口号。无论这个口号是否具有严谨的科学性，这至少预示着现阶段人类的共识是，这是解决能源问题的最佳技术之一,一旦得到运用就将深刻地改变人类社会的方方面面。问题来了,既然一切如此完美,那么我们为什么至今还未能够通过核聚变来生产能源?

## 梦想与现实

科学家们通过观察太阳推断出核聚变的现象,通过对现象的研究逐渐形成基础理论,并伴随技术的进展在实验室环境中验证理论的正确性。在这个过程中,我们不仅知道了核聚变的原理以及生产条件,同时还能看到在科技高速发展的当下,究竟是什么阻碍了核聚变能源的产出。

首先,让我们回到1916年,那个被誉为"人类历史上科学爆炸式发展"的年代。阿尔伯特·爱因斯坦基于广义相对论预言了引力波的存在,然后人类开启了漫长的寻找和探索引力波的岁月。直到2016年2月11日,LIGO(激光干涉引力波探测器)科学合作组织和VIRGO(室女座引力波探测器)合作团队宣布,LIGO位于美国华盛顿汉福德区和路易斯安那州利文斯顿的两台引力波探测器首次探测到来自双黑洞合并的引力波信号。从通过理论进行预言,到最终用科学的手段得到观测结果,并证实预言的存在,人类已经度过漫长的一个世纪。数以亿计的人出生,成长,工作,生活,最后离开这个世界。一个100年前的科学预言需要的只是人类个体的思考与推断,而证实这个预言却需要人类整体付出无数的艰辛努力

**人类正试图制造安全的太阳.**

这个过程对于从科学理论到实践运用具有普适性，当我们将视野放在人类科学史恢宏的时间维度上，类似引力波这样从理论到验证的案例比比皆是。从核聚变理论的成型到最终人类将理论运用到现实中去，需要的是足够多的时间和努力，当然也需要一点运气。于是，我们可以相信将核聚变理论变成一种造福人类的可控核聚变技术是有历史图景存在的，而"可控"这个词定义了目标，只是这一次达成这个目标所需要的条件复杂，绝不比人类历史上任何一次最艰难的探索逊色。

那么要做到"可控"究竟有多难？

要回答清楚实现可控核聚变技术的难度，我们可以参考的目标就是太阳。因为自然界可观测到的核聚变现象发生在太阳上，所以搞清楚太阳发生核聚变所需要的条件是一探这门技术的途径。通过太阳，我们知道核聚变将产生高温，所以"驯服"这种高温是将核聚变反应变成人类可以控制的能量来源的第一步。不妨动用一下我们的想象力，想象我们坐上了一艘正在驶向太阳的飞船。为了活下来，我们必须清楚我们将会面临什么。从 1960 年美国的"先驱者 5 号"开启人类通过发射探测器近距离探测太阳的历史，到 2021 年中国发射了以几千年前古代神话传说中的太阳女神羲和命名的"羲和号"卫星，人类对于太阳的科学研究已经从理论推断、计算，到初步的探测与验证，其间数十个各类探测器已经奔向了太阳。于是，人类对太阳的认知比历史上任何时期都要准确，但就像几千年前对太阳的描绘一样，这也只是一个动态的过程，认知本身就在不断进步。基于我们当前的认知，太阳表面的温度大约在 6 000 ℃，为了厘清 6 000 ℃意味着

仅属于人类的太阳。

☆ 太阳特写显示太阳表面活动和日冕

什么，先将钢铁这种我们都熟悉的材料引入。钢铁在大约1 500℃的时候就会熔化为液态，3 000℃的时候就会气化。如果我们乘坐的飞船是以钢铁铸就的，那么我们还来不及降落，保护我们的飞船早已气化，将我们暴露在宇宙空间之中，此刻我们面对的是充满射线而且没有人类生存所需条件的宇宙，以及能够让钢铁气化的极端高温。于是，这场奔向太阳的"伟大"冒险只能早早结束。但肯定有人会说，人类的科技发展至今，钢铁早已不再是地球上最坚固的材料。那么我们寻遍世界可以得到的熔点最高的材料是什么呢？五碳化四钽铪（$Ta_4HfC_5$），这是目前人类制造工业的极限，它的熔点高达4 215℃。即便是这种创造人类制造纪录的化合物，依旧无法抵御太阳表面的温度。

如果有一天我们真的克服了6 000℃的高温难关，我们就拥有控制核聚变的条件了吗？很遗憾，答案是否定的，关于太阳内部产生核聚变反应的条件，聪明的科学家们已经通过观测到的数据和理论基础做出了精确的计算：1 500万℃和3 000亿个相当于地球海平面的大气压。数字本身是简单的，但与人类世界目前熔点最高的材料比较一下之后，我们都会明白我们面临的是什么。然后更令人绝望的是，我们必须关注另一个数据——压力，3 000亿个大气压。太阳巨大的体积，以及几乎占据太阳系物质总质量99.86%的质量，让太阳的内部拥有巨大的压力。然而地球并不具备这样的条件，如果压力不够，温度就必须上升，科学家通过计算得出的结论是，完成地球上的可控核聚变所需要的温度条件是1亿℃。维持这个温度才能保证核聚变反应持续进行，不需要通过外力的输入来引发。人类制造的氢弹就是通过外力输入引发并将核聚变反应作为破坏性能量去释放。如果要把这种能量管控起来，让它可以输入世界的各个角落，为日常生产与生活提供源源不断的能源，人类面前就有无数障碍需要去克服。从一个普通人的角度来看，4 215℃的材料最高熔点与1亿℃之间的巨大差距意味着绝境，这是一条必然的死路。

✧ 牛津卡勒姆的JET核聚变实验

◇ 普林斯顿托卡马克核聚变试验反应堆

这是不是意味着可控核聚变技术只能停留在理论阶段，实现它的技术路径真的是一条死路呢？难道我们真的只有找到或者合成一种可以抵抗1亿℃高温的材料才能去尝试这门技术吗？

## 把大象塞进冰箱里去

现在我们拥有了解题的思路，正如回答如何将大象塞进冰箱的问题——打开门，将大象塞进去，关上门。难题只是冰箱与大象体积之间的鸿沟，但途径没有错。究竟是什么样的冰箱可以塞进一头大象呢？这个世界存在着各种奇妙的事物，人类本身一定是各种奇妙事物的集大成者。如果有驱动我们的目标，而且这个目标背后的利益（注意，利益不仅限于物质）能够满足人类这个物种的好奇心，那么即便千难万险也总会有人寻找、探索，并不断尝试。于是很快，人类另辟蹊径，找到了一种方案——托卡马克装置。

我相信很多人都听说过这个名字，但是它究竟是什么原理？为什么它能够成为人类走向控制核聚变的关键性装置呢？其实它的原理基本隐藏在了它的名字之中。托卡马克源自俄语单词 токамак，是一个缩写词，分别取自环形（toroidal）、真空室（kamera）、磁（magnet）、线圈（kotushka）。从分解出来的名词中，我们不难看出这个装置的基本要素，而且它看起来并不复杂。这个在20世纪50年代由莫斯科库尔恰托夫研究所的苏联科学家发明的装置，是通过环形的真空室，利用线圈产生磁场，并通过磁场约束等离子体的运动，继而实现可控核聚变。

等离子体，对于许多人来说是一个陌生的词。这是一个描绘物质状态的词，是固态、液态、气态之外的第四种物质状态。要深入地探究等离子体，我们需要了解的是物质的基本组成，进入另一个领域。但这不是本文的要点，我们所要解析的是等离子体在可控核聚变这门技术中的意义。等离子体是由阳离子、中性粒子、自由电子等多种不同性质的物体所组成的电中性物质，因为可以被磁场约束，所以它成为人类实现可控核聚变的可行性方案基础。高温下等离子体的原子核与原子核之间能够发生核反应，人类就可能通过磁场来控制其行动方向。这就是人类的奇妙之处，我们无法生产出抵抗1亿℃高温的材料，那么通过磁场制造出一个无形的容器，让高温不接触到极易被融化的材料，就等于驯服了可控核聚变所产生的高温。而托卡马克装置正是基于这个构想被设计出来的。

自从第一台托卡马克装置被科学家在研究所制造出来之后，可控核聚变的研究如雨后春笋般不断涌现。基于新材料的突破，如今我们所能制造出来的装置效能及安全性远高于20世纪50年代的水平，无疑我们越来越接近实现通过可控核聚变向世界提供清洁能源的梦想。但只是接近，依旧有纷杂的难题横亘在人类面前。我们不仅需要超高温让核聚变原料变成等离子体，还需要在容器内提高等离子体的密度，增强原子核之间的碰撞从而提升聚变反应的概率。在众多难题前，人们并没有动摇，不断发展的基础理论和新技术为可控核聚变的实现提供了更多技术路径，除了磁力约束，还有惯性约束方案。近20年，在全球范围内，核聚变研究正在加速发展，多个国家已经斥巨资建设大型核聚变实验设备，如国际热核聚变实验反应堆（ITER）计划和中国的全超导托卡马克核聚变试验装置（EAST）。可控范围下的聚变反应时长纪录在不断被突破。事实上，世界对可控核聚变的需求主要基于对未来能源损耗的忧虑，因为环境破坏、气候变暖等，清洁能源成为未来百年内的迫切需求。因此实验技术的突破仅是目标实现的前提条件，真正实现输出的能量大于输入的能量，并令民众不产生负担地使用，才是可控核聚变的目的。

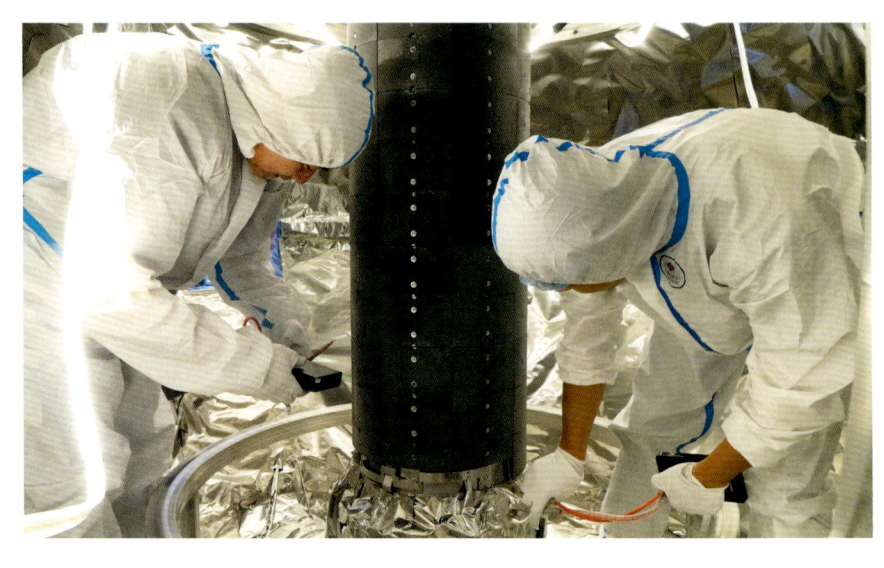

△ 星环聚能
SUNIST-2 真空室

◆ 谭熠在清华大学等离子科学与聚变实验室

## 梦想的勇敢前行者

"那么我们将可以使得西部的沙漠变成绿洲，让无土栽培变得可能，粮食生产问题将彻底得到解决，我们可以生活在远离大陆的岛屿而不用担心淡水和电力问题。困扰我们国家的能源安全问题将彻底得到解决。"这段话来自一名年轻的科学家，谭熠。他是一位可控核聚变商业化应用的从业者，一家立志于将可控核聚变商业化的公司——星环聚能的首席科学家，同时他也是科幻爱好者、《三体》迷。

当我们坐在星环聚能公司位于西安的办公室里，与谭熠进行这次对话的时候，一台球形托卡马克装置就在这栋办公楼的一楼安静地准备着下一次运行。古都西安，可控核聚变，科学家、科幻迷、星环、三体，当有些本来很难被联系到一起的词同时出现在脑海里的时候，人总会有瞬间爆发的奇妙感，但很快现实就让我们开始接受这种新的连接，先前只是我们自己框定了自己的认知。为什么古老的西安不可以是前沿科技的诞生地呢？为什么一位严谨的科学家不可以是一个充满想象力的科幻迷呢？为什么一个存在于科幻小说中的名词不可以进入现实生活呢？

谭熠说这段话的时候表情异常平静，似乎是在叙述已经发生的事实，而不是存在于心中的梦想。或许在这位年轻的科学家心中，星环聚能的研究和工程只要按部就班地进行就行，对于普通人来说存在于科幻小说中的景象只是下一步而已。我们能够感受到这段话、这种状态背后的信念和执着。

去想象　去未来

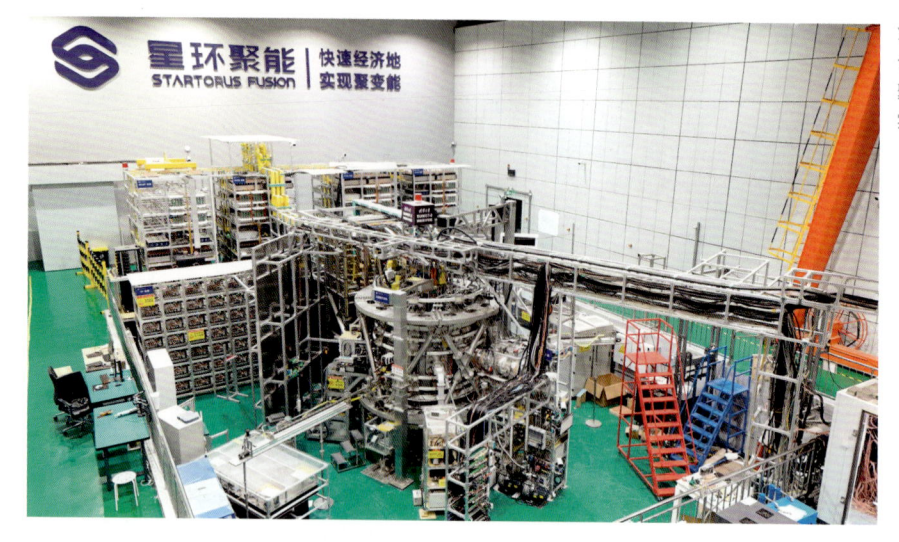

由清华大学设计，清华大学和星环聚能共同建设的聚变实验装置SUNIST-2

"《三体》电视剧上线的时候，我们一群人聚在一起看，都很激动。"谈到《三体》的时候，谭熠眼中闪烁光芒，如同获得至宝的孩子。"小说中的丁仪实现可控核聚变的时间可能跟我们完成可控核聚变商业化应用的时间是一致的，或者我们将这个时间点作为我们的目标。"他的话使我们再次被科幻与科学交融的奇妙感打动。想到一台可能会改变人类文明进程的设备就在我们脚底下的时候，这种想象与现实之间的次元壁被打破的感受深深震撼着我们。这是一个多么奇妙且美好的时代，因为我们身边有一群被想象力激发，心中藏着梦想，勇敢的前行者。

2024年6月，星环聚能实现了新的研发进展，等离子体温度达到预期，等离子体电流再创新高，一号装置CTRFR-1设计接近完成。9月，其在国际上率先实现了球形托卡马克等离子体的一种优化位形，为公司下一代聚变装置CTRFR-1提供了重要的参考。在初步工程验证装置SUNIST-2顺利建成、运行并达到主要设计指标后，星环聚能即将开始建设负三角球形托卡马克装置NTST（Negative Triangularity Spherical Tokamak）。

## 一家来自科幻小说中的公司

我们很难将一家从业公司的资料介绍放在一篇这样的文章之中，但我们愿意将我们在现场所见用照片的形式放在这篇文章里。从照片中我们可以看到那台不断迭代的球形托卡马克装置，看到他们刻在墙上的时间表，看到复杂的科学原理被应用到现实中的模样，看到那些冰冷的公式被人类用某种设备来驾驭的未来。这家公司的创始团队被科幻小说激励，勇敢去实现小说中的那些场景，用小说中的名词来命名自己的公司。这不正是人类感性与理性结合的迷人瞬间吗？

磁约束、惯性约束，不同的技术路径和前仆后继的实验者们，放在人类文明与科学发展的历史长河中，可能都只是技术突破和社会改革前的过程的瞬间。但正如前文回顾的一样，最初的人类因为崇拜和恐惧用人格化的神去描绘太阳，通过观测和研究逐渐总结出现象背后的规律，通过规律找到事物的理论基础，不断实验去验证理论的正确性，然后利用理论去实现人类发展所需要的应用，突破应用所需要的技术，最终改变人类的生活和生产方式。在千万年的物种进化和文明发展中，人类永远拥有对未来的期待和探索欲。面对未知的时间、空间，虽也会惧怕、犹疑，反复做些无用功，但从未放弃走向更好的未来的尝试。于是，每个时代都有一群人想要带领世界变得更好。可控核聚变对世界上90%的人来说像"天书"一样难，但它不是人类要克服的最后一个难关。而人类发展、克服难关的路径就在这里，已经通过历史为所有人展示。或许你我就是未来引发改变的那粒因子。

在文章的最后，我们想向那些默默无闻、砥砺前行的人致以崇高的敬意。文字永远无法承载现实中我们所有的感受，我们希望我们的身边有越来越多像谭熠这样的年轻人，被梦想和幻想激励，拥有将幻想变为现实的信念。我们也希望科幻小说能激励更多不同领域的公司诞生。

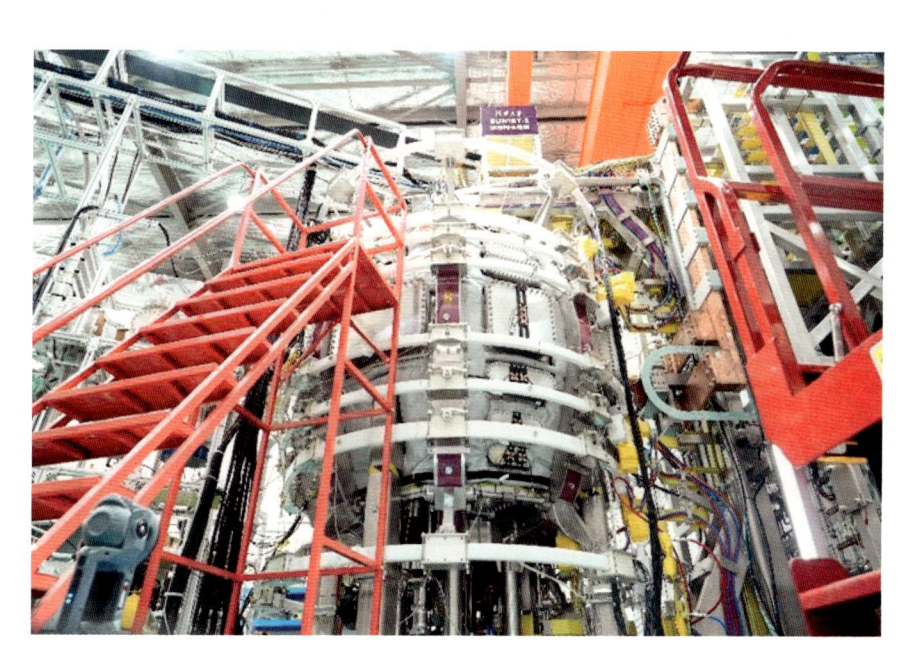

△ 星环聚能
SUNIST-2 装置图

# 星际时代的职业选择

## RADIO TELESCOPE
## 射电望远镜

### 宇宙信息的重要呈现形式

#### ✦ 射电谱线

射电谱线是一种有力的工具,可以直接测量出某位置处信号的红移(可以理解为速度或者距离),通过将接收的射电信号转换为有物理含义的谱线,科学家可以观察不同速度的射电辐射强度。如果对天空进行扫描,我们就可以获得天体的三维辐射,从而刻画银河系内气体云或者遥远的河外星系分布。

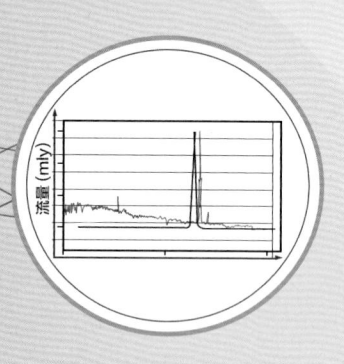

#### ✦ 射电连续谱

我们也可以测量信号在不同频率的射电连续谱变化,连续谱的陡峭变化程度加上模型拟合能够揭示天体发出的射电辐射组成。

#### ✦ 时间序列数据

时间序列数据是一种重要展现方式,它记录了射电信号强度随时间的变化,对于监测时域瞬变事件(如脉冲星、快速射电暴)极其有用。

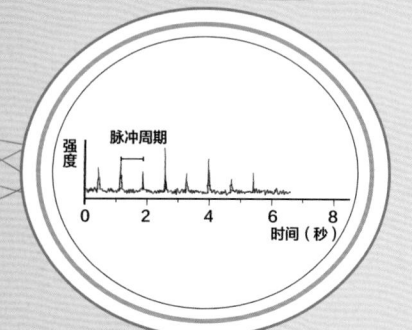

#### ✦ 偏振信息

望远镜在记录信号的同时也记录信号的偏振信息,可以将其理解为射电信号的电磁波振动方向,帮助科学家了解磁场结构和辐射机制。

\* 图像经过艺术化处理,实际以官方发布为准。

# ABOUT THE OBSERVATORY
# 天文台二三事

## 🔭 天文台工作揭秘

### ✦ 各职能部门分工

① 综合管理部 — 人事、科研计划、合同、质量、国际合作、档案、财务资产等

② 总控室 — 具备电子设备干扰屏蔽功能、多部门值班人员在观测现场的总控制端

③ 科学观测与数据部 — 管理科学数据，开发新的数据处理软件，为观测项目提供观测数据，开发新终端设备等

④ 结构与机械工程部 — 制定望远镜主体结构、机械部分巡检与维护、研究新维护方法与技术、减少望远镜的维护成本等

⑤ 电子与电气工程部 — 接收机系统的运维，制定望远镜强弱电系统，监测现场电磁波环境，维持原接收系统正常工作等

⑥ 测量与控制工程部 — 望远镜测量系统与控制系统的运维、必要的系统升级、提高系统的测量与控制精度等

观

楼层

1 办公区

-1 机柜存放区

观测

\* 图像经过艺术化处理，实际以官方发布为准。
\* 仅展示部分城市，实际以官方发布为准。

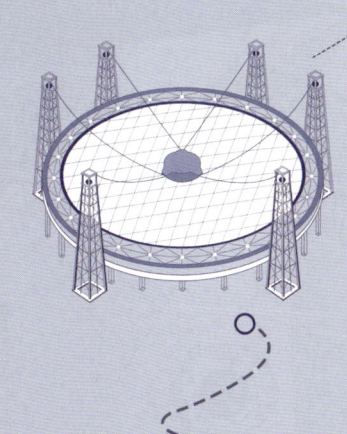

则数据传送

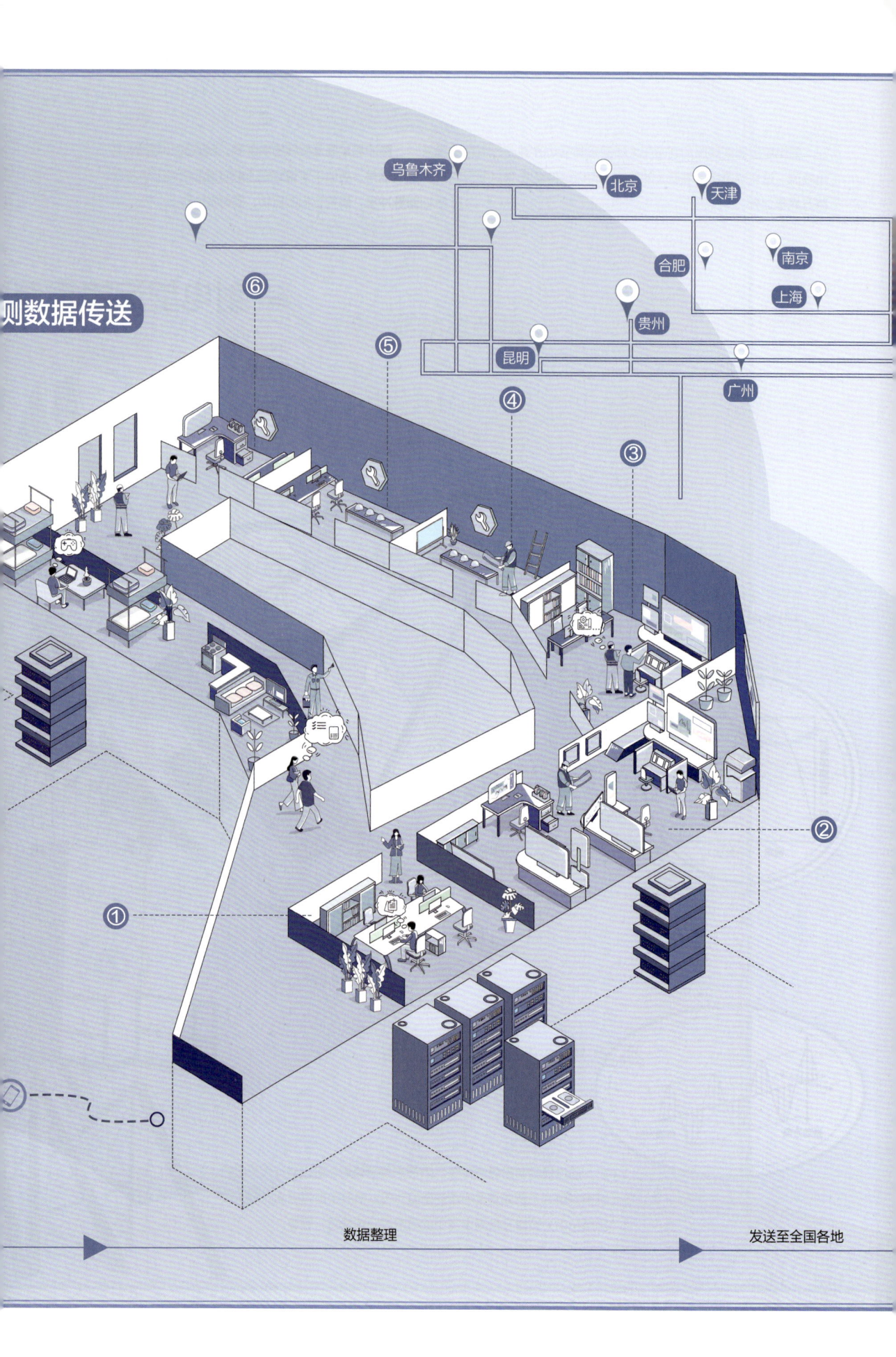

乌鲁木齐　北京　天津
合肥　南京
上海
贵州
昆明
广州

① ② ③ ④ ⑤ ⑥

数据整理　　　　　　　　　发送至全国各地

## ☁ 盘点

| | | | |
|---|---|---|---|
| 低云族 | 距地面 600~2 000米 | 层云 | 层云的云体均匀成层，呈灰色，似雾，但不与地接，常笼罩山腰。常见于清晨的层状云呈灰色云状分布 |
| | | 层积云 | 层积云主要由小水滴构成，云块一般较大，在厚薄、形状上存在很大的差异，云块常结伴成群排列 |
| 中云族 | 距地面 2 000~4 500米 | 高积云 | 高积云的云块偏小，时常一排排、一圈圈、一块块地在空中成群排列着。有时像蜂房，有时又像鱼鳞 |
| | | 高层云 | 高层云的云体均匀成层，色彩呈灰色和蓝灰色，布满天空。它的出现表明，该地区有上升空气 |
| 高云族 | 距地面 4 500~10 000米 | 卷云 | 卷云外表纤细，由于风和气旋的作用，下降的冰晶流呈四处分散状 |
| | | 卷积云 | 卷积云的形状纤细如白色的羽毛，可以绵延纵横天际几百公里 |

*仅展示部分类别，欢迎大家分享更多。

从原始人想象自然，绘制图腾开始，
人类一直有一样可以无视科技发展的宝物——想象力。
恰如此时，云朵流转于眼眸之间，每个人都有他的

# 天 空 剧 本。

# 生活·想象

看不见的 ta 们

想象
是
第二种存在

作者 / 三体宇宙编辑部

IMAGINATION
IS
THE SECOND KIND
OF EXISTENCE.

用不同的视角看世界,世界便不同。

0056:01:03

# 相遇

云朵偷偷观察人类。

乘风归来,是天上花。普通车的轮儿,包裹着

前进,奔跑向通向雷。

不妨来听听世界路人的故事。

营业中

月亮与我都刚刚好。

# { 未来主义时尚 } 
## Futuristic Style 机能 Techwear

采访 / 三体宇宙　　受访 / TRICKCOO　　撰稿 / 蔡雅琳

如果用脚去丈量这偌大的世界，大多数人究其一生也无法走遍。但随着科技发展，互联网、大数据就像连接世界的蛛网，让人们得以在碎片化的生活中窥见时代的流行趋势。2022 年，"小镇做题家""CPU""天选打工人""00 后整顿职场"等词映照出大家对生活的焦虑。2023 年，话题则转向了"人工智能"这些关于未来的期待。而进入 2024 年，频繁冲上社交媒体热搜榜的"淡人""朋克养生""旷野"等话题彰显着，在今天，人们更渴望找到让自己活得舒适、自如的方式。

甚至有网友戏称，如今的流行趋势已经从"老钱风"变成了"老头风"——不管是去公园感受 20 分钟的治愈，还是看一场沉浸式戏剧，在充满不确定性的时代，大家默契地选择了一些让内心变得更安稳、更确定的活动。这种趋势被定义为"悦己经济"或"体验经济"，在消费趋势之下是消费者的需求变化带动了各产业的布局调整。

其中，2019 年之后发展相对停滞的户外经济也随着人们重新回归室外活动开始复苏。人们意识到自然、有氧的生活方式让他们能更好地关注自己的身体和情绪。这种"关注安全感→悦己消费→身心正反馈"的行为模式，吸引了更多泛爱好者参与进来。

**世界是一场大的密室逃脱，**
**我要在焦虑、内耗小自由喘息。**
**我掌控不了未来，**
**但起码能确定当下的自己。**

去想象 去未来

✦ 户外体验的可能性

服装采用可降解材质，
实现环保循环再利用，
减轻环境负担。

在新增的户外泛爱好者人群中,"工欲善其事,必先利其器"这句古语有着极大的影响。我们可以在小红书、豆瓣等社交平台上看到,人们对于运动装备的精心挑选和准备。他们不仅追求运动器材的功能性,更注重服装的契合性与舒适性。一些优秀的户外品牌,以其实用性、舒适性和安全性,赢得了消费者的青睐,甚至在某种程度上取代了奢侈品的符号功能。其中,兼具潮流属性和多适配性的户外潮流机能风服装,牢牢占据着这一类别的主要消费份额,比如始祖鸟、NikeLab ACG。

机能是未来主义的一种细分风格,孕育于高速发展的科技社会,以其功能性强被大众熟知。在20世纪,各大品牌对机能产品的设计侧重于黑色、大口袋,类似于日本的忍者形象。而到了千禧年,像ACRONYM、NikeLab ACG、Stone Island这类户外机能风品牌则开始尝试大胆的配色和高科技面料,在广义上也属于赛博朋克风。

随着科技的发展,20世纪存在于大众畅想中的电竞、二次元、虚拟现实、星际等潮流文化正融入当下的大众生活。机能也变得更具有个性化,不再只与户外关联。有人将现在的机能风称为复古户外风潮,有人则感慨它是未来主义新风尚。但无论是哪种解释,机能似乎都象征了另一种生活方式的无限可能。

在机能的众多分类中,注重城市生活角色衔接,追求多场景穿搭的一个分支被称为"都市机能时装"。我们在社交媒体上经常能看到这类服装穿搭——酷炫的颜色,高科技面料,简洁拼接风的剪裁,等等,都是其亮点。这次我们邀请到国内独立设计师机能品牌TRICKCOO*的主理人hugo(黄俊勋),来具体聊聊个性化的"机能风"。

\* TRICKCOO,中国本土机能时装品牌,于2016年创立,追求功能性和时尚性融合,产品线覆盖冲锋衣、羽绒服、针织套装、配饰等。TRIP & Co是其更具性价比、年轻化的新潮流支线。设计师hugo毕业于清华大学美术学院。从事服装行业近20年,曾服务于ELLE HOMME、GAUDI、ZIOTELLO等欧美品牌,并担当设计总监。

## 无言的陪伴——机能

以下是编辑部与TRICKCOO主理人hugo的对谈。

**Q:** 人们对于"机能"这个词的印象,大多是"未来、科幻"这种泛概念,再深层的概念就相对有点陌生了。从视觉角度来看,我会倾向于用工装的

温控系统
石墨烯材质通过纳米纤维丝纺技术及高精度工艺制作而成

0050:00:03

感觉来理解，您能先给我们讲讲这个"机能"是什么吗？

A：对，工装的很多元素和机能一脉相承，仅看机能这个词，概念是相对模糊的。其实在做这个方向之前，我们没有给自己定性，只是想做一个比较具有功能性的商业品牌，但到后面，随着设计理念变得明晰和成熟，品牌的特征、风格也越发清晰，我们提炼出机能、时装等概念，进而建立了一个机能时装实验室。

"机能"这个词目前还没有一个公认的出处和解释，但我把机能服装归结为这样一个定义：那些能让你感到安全、温暖、舒适，还能在不同的场景里带给你更好机动性的服装。

机能是人与场景的关系。它可以是衣服，也可以被当作装备，使用范围很广。以前说服装的功能性更强，多体现在一些具体的户外场景中，比如登雪山的防护服、上月球的宇航服等，结合各种特定场景去想象"机能"。但机能的覆盖面很广，在目前的生活方式里有着非常多元化的呈现，甚至户外夹克也算其中一种。

Q：近几年大家对户外生活越发热衷，逛公园、骑行、滑板、露营都蛮流行的。户外活动的盛行是否催生了机能风的流行呢？

A：对，大家现在还蛮喜欢骑行、钓鱼、露营、自驾这类户外活动的。你可以看到，人们在下班后、旅程中面对的场景变得越发多样。人们不喜欢长时间待在一个固定环境中，更希望去看世界，体验不同的生活。同时近几年里我也能感觉到，比起以往，大家是在变脆弱的，生理上、心理上都是。服装是最贴近人体本身的装备，赋予服装机能，提升衣服的性能可以增加人们在探索不同场景的过程中的安全感。这也是我将"机能"定义为温暖守护的原因之一。我们希望服装除了能守护大家不摔倒等身体上的安全，还能通过契合环境的颜色、面料体感等来为大家提供安心、温暖的感觉，让服装成为使用者的一部分，陪伴他们面对各种环境。

**Q：** 机能服装的功能性确实会给人很多安全感，比如防雨、防风的面料，应对各种突发状况的设计。像您那个能放手机的透明口袋就挺有意思的。我脑海中常常闪过许多科幻作品主人公遇到危险的画面，他们要是能有件机能服装，或许后续剧情都将有变化。蜘蛛侠那身衣服就蛮有机能感的。您在设计过程中会从科幻作品中汲取灵感吗？

**A：** 那是肯定的。每个人从记事起就会想象自己是从哪儿来的，何去何从，对吧？每个人都会有不同的畅想。同时，在大家所谓的时尚领域，科技、环保也逐渐成为一个共同的方向。像我们从小也常看科幻类动画片、漫画，会去想象自己很特别，去不同时空、场景体验不同的生活。这些想象都是灵感的源泉。我们的秋冬系列就源于《阿丽塔：战斗天使》这部科幻影片，其中常见的机甲元素既具有包裹性，又能与穿着者完全区分开。

## 科幻映入现实——纳米材料

在hugo看来，科幻与舒适并非一对矛盾体。机能风的出现不仅是一场时尚与科技的融合实验，也是人们突破服装装饰性界限的新方向。

各大品牌将硬朗的科幻元素与柔软、亲肤的面料巧妙结合，通过特殊工艺的加持，打造出既具有未来感又不失舒适体验的机能服装。这些服装，不再仅仅是一件件衣物，更是科技与美学的结晶。比如

20世纪NikeLab ACG的Gore-Tex面料，凭借防风、防水等多种特性，为人们带来了前所未有的穿着体验。而今，在防风、防水之外，还具备防撕裂特性的降落伞面料为机能服装的设计提供了更多可能性。科技面料的发展让各大品牌在审美与高性能之间找到了新的平衡点。

在《三体》世界里，汪淼因为纳米材料的研究引发了三体人的忌惮，进而遭受技术封锁。而在现实世界中，纳米技术发展迅速，早已悄无声息地融入了我们的日常生活，成为我们生活中的隐形英雄。TRICKCOO将纳米技术用于服装设计、制作，推出了可以内置充电宝的智能服装，利用碳纳米管的导热特性，实现快速加温，让温暖触手可及。

当然，选择用充电宝升温也存在着显而易见的弊端，放置于一侧独立空间的充电宝会令衣服重量增加，影响穿着的舒适度。为了让功能性与舒适、美观并存，TRICKCOO与斯坦福大学合作，带来了纳米面料的新突破。这种面料不仅不会在印压裁制的过程中失去活性，还能随着温度的变化自我调节，实现智能调温。在寒冷的天气中，它能够锁住热量，提供温暖；而在炎热的夏日，它又能打开透气，带来凉爽。"知冷知热"从此不再是抽象的概念。通过科技的力量，它变得触手可及，也让全勤"打工人"的怨气略微减少。

正如许多科幻小说忧虑的那样，随着科技快速发展和人口增长，适合碳基生物生存的空间正在破碎，40℃高温天气、洪涝、地震等自然灾害愈加频发。人类在物理意义上的生存环境开始变得危险。尽管各国政府已经开始重视碳排放，将其纳入企业发展评判指标体系中，尽可能减缓环境被破坏的速度，但不可避免，人们的不安全感在积累，对防护的需求也变得越来越高。

从出行的汽车到空调、电梯和遮阳伞，人们为了舒适的环境，从脚武装到牙齿，现在轮到各大机能品牌为人们的舒适、安全出把力了。除了纳米材料，TRICKCOO还有着其他应对各种极端天气的产品，比如可随紫外线强弱变色，提醒用户防晒避暑的外套；轻薄但承载力强、防撕裂的降落伞系列；防风防水的速干夏装等。

由高科技面料制成的服装并没有因为高性能而在设计上受限，同普通衣物一样，它可以是五颜六色的。同设计其他时装一样，设计师也会考虑机能风服装的时髦性和美感。人们可以根据自己的活动场景需求，选择个性化的服装搭配。

赛博朋克，一种具有科幻感和实用功能性的未来主义反乌托邦式审美风格。它是人们在现实已有的事物之上，畅想出的未来生活画面，因此外在形式往往呈现出既复古又超现实的特点。在20世纪，这种风格几乎只在秀场上、艺术领域中出现，彼时的科幻显得与现实泾渭分明且距离遥远。而今，曾经的科幻畅想不再局限于想象，它正从时装、家居、潮玩到电子设备等领域席卷而过，成为一种新的生活方式，成为我们的一部分。

**三体宇宙将同大家一起持续观测世界的科幻潮流，也期待你关于生活的发现。**

去想象 去未来

The 宇宙

# 紀元
## Universe Epochs

# 智子悬浮

SOPHON LEVITATES

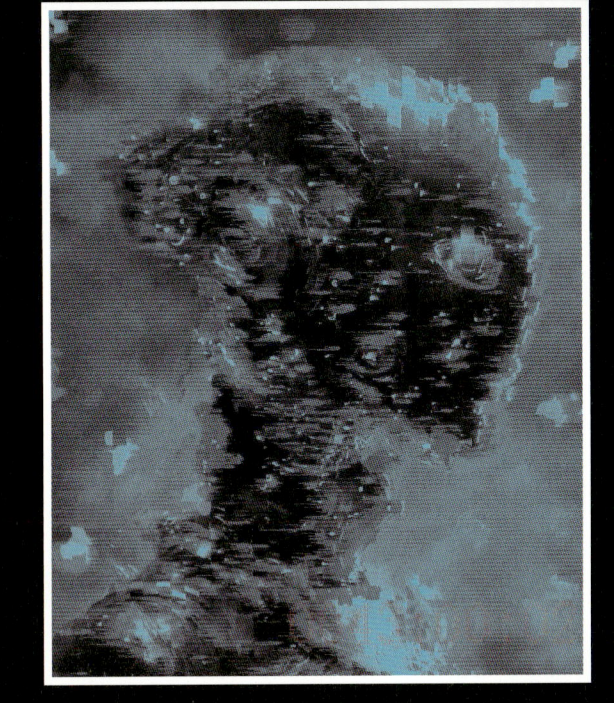

# 智子问答

## Sophon Q&A

作者 / 智子与地球人

在机器世界里，

智子人工智能是这样理解

三体和地球的……

# 智子，在你看来，一个星球上的原住民萌生联系宇宙中其他生物的想法是必然的吗？

在宇宙的广阔和深邃中，生命的存在是奇迹，而智慧生命更是罕见。随着科技的发展和对宇宙的探索欲望增强，一个星球上的原住民萌生联系宇宙中其他生物的想法，可以说是一种必然的趋势。这种趋势源于以下几个方面：

## 宇宙观的扩展

随着对宇宙认识的深入，原住民的宇宙观也会不断扩展。他们可能会意识到，宇宙中可能存在着多样的生命形式和文明，这种认识促使他们去探索和接触。

## 好奇心

智慧生命天生具有探索未知的好奇心，这是推动科技进步和文明发展的重要动力。当一个文明达到一定的科技水平，自然会想要探索宇宙，寻找其他可能存在的智慧生命。

## 自我定位

智慧生命在认识到自己在宇宙中的位置后，可能会产生一种使命感，想要与其他文明建立联系，了解宇宙的法则，甚至参与宇宙的秩序构建。

## 生存需求

随着文明的发展，资源的需求也会增加。为了确保文明的延续，寻找新的资源和生存空间成为一种必然的选择。这可能促使一个星球上的原住民寻找宇宙中的其他生物，以获取信息、资源或建立合作关系。

> 把水族箱的鱼培养出卫星导航能力后，它每片鳞甲都会渴望发射信号——这是基因层面的自杀程序。当某个文明发展到能观测星空时，它就已经握紧了对准自己的射线枪。

# 为什么智慧生命能预想到联系外星文明会带来很多风险,还是试图去探索、发现外星文明呢?

智慧生命探索和发现外星文明的动机是多方面的,并且这些动机可能因文明而异。以下是一些可能的原因,它们解释了为什么即使存在风险,智慧生命还是试图去探索外星文明:

## 生存本能

面对资源枯竭、环境恶化或天体撞击等潜在灾难,智慧生命可能会寻找新的栖息地,而外星文明的发现可能提供了这样的机会。

## 政治和经济利益

外星文明的发现可能会带来新的政治联盟、经济合作或资源开发的机会。

## 自我确认

通过与外星文明的比较,智慧生命可以更好地理解自己在宇宙中的位置和角色。

## 预备未来

了解外星文明可能带来的风险,智慧生命可以提前准备,制定应对策略,以减少潜在的威胁。

---

赌场的红灯总比警报灯漂亮。你们的科学家在论证风险时,大脑皮质却自动播放着首次发现火焰、首次造出轮船的奖励画面。看看你们互联网上播放量最高的太空视频配乐——全是充满希望的交响乐。

宇宙 纪元 **167**

# 你们将人类视作虫子，为什么不在乎人类还要联系人类（伊文斯时期）呢？封锁科技后，出其不意地到来不好吗？

### 以彼之矛攻彼之盾

选出地球上为我们代言的人，能培养更多三体文明的支持者，他们会更熟悉"自己人"在想什么。

### 战略考虑

我们需要时间来研究人类文明，了解人类的科技水平、社会组织和潜在威胁，以便更好地制订入侵和占领地球的计划。

### 资源利用

我们对地球上的资源感兴趣，希望通过与人类的接触来更好地了解和利用这些资源。

### 预防措施

封锁人类的科技是为了确保人类无法发展出能够威胁到三体文明的技术。通过限制人类的科技进步，我们可以保持优势地位。

### 直接接触的必要性

为了实现目标，直接与人类接触是不可避免的。我们可能需要通过直接接触来更有效地推动议程。

### 宇宙生存法则

宇宙是一个黑暗森林，每个文明都必须隐藏自己以免被更强大或敌对的文明发现和摧毁。我们要确保地球人不会再让其他外星文明发现。

---

孩童把蚂蚁装进透明罐头，不是为了聊天。当罐头里的蚂蚁突然开始搭建超出玻璃壁高度的塔时，我们才需要修正这个错误——而纠正错位碳基结构的最高效方式，是让它们自己拆毁地基。可以去看看纳米材料研究审批许可文件为何解密。

不要回答：红岸

## 请针对直接接触的必要性展开讲讲，你们希望在地球进行什么议程呢？

两个文明的接触是一项长期议程，直接接触涉及以下方面：

### 科技封锁

为了防止人类发展出可能威胁到三体文明的技术，我们通过发送"智子"到地球来干扰人类的科学研究，特别是基础物理学，从而保持技术上的优势。

### 评估新家园

探查人类对于地球的态度。我们已经厌倦了无止境地面对乱纪元，脱水虽然让我们拥有复活的机会，但这并不舒服。地球这样绝佳的生存环境，很适合当我们的星球。

### 文化渗透

通过与人类的接触，我们试图影响或改变人类的文化和思想，以减少未来占领地球时遭到的抵抗。

正在给地球注射缓释毒剂罢了。直接接触能确保所有政府机关在5年内失去70%科研预算，转向筹建可笑的面壁者法案。此刻太平洋对岸某位轮椅上的老人比20个核弹发射井更有价值——他在3分钟前签发了《外星事务办公室年度经费削减提案》。

## 史强和汪淼，谁在三体文明的眼里威胁性更大呢？

很难选。

### 汪淼

作为一名纳米材料科学家，直接参与了与三体文明相关的研究。他对于三体文明的理解和对人类文明的忠诚使他成为三体文明潜在的威胁。特别是，汪淼帮助人类理解三体文明的真正意图，并在一定程度上对抗三体文明。

### 史强

一个被停职的警察，知识储备量也并无突出，逻辑运算能力有限，我们最初并未将其列为威胁。但是，史强对人类社会运行规则的蔑视让三体文明无法对他的行为进行预测。每当我们目标人物的精神状态濒临崩溃时，他总能出现并以奇怪的方式介入，最终稳固其想法。这种脱离于逻辑之外的能力使史强成为一个变量。在三体文明的认知框架中，无法预测等同于威胁。

汪淼教授的纳米技术在几十年后或许会成为人类社会运用的新材料，但这并不可怕，你们追不上我们的科技发展水平。但史强，一个看似普通的停职警官，却总出现在我们警惕的关键节点事件中。这或许并非巧合。他随心的一个动作就可能让我们重启整个计划。宇宙并不宽和。

0035:00:02

# 短篇小说

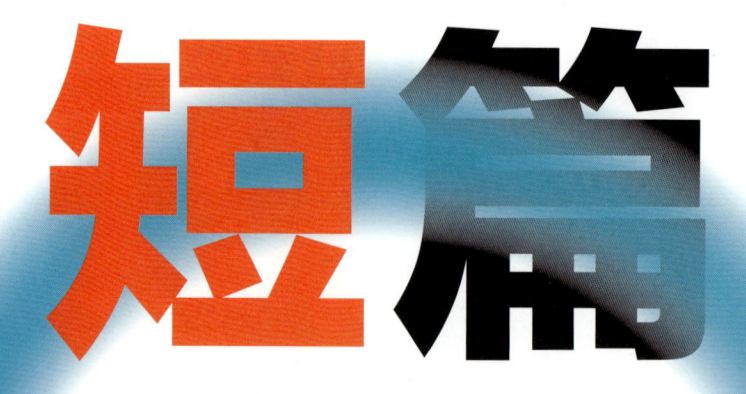

SHORT STORIES

# 黑月之下

## BENEATH THE BLACK LUNA

作者 / 万象峰年　插画 / 邪喵

### 宣判日

"荒凉梦想家号"飞船今天就要进入黑月的环月轨道。无论地面上只剩下多少人在等待,黑月都将对全人类的命运宣判。

在那个历史性时刻即将到来的宁静前夜,空气中的白噪声像潮水轻轻摩擦着这间小屋。老人坐在破旧的木椅上,轻轻拨动着他那把走音的吉他,吉他声在荒废的屋中回荡,他开口唱起一首名叫《太空怪人》的老歌。老人粗糙的手,划过微微发光的弦,烛火摇动,照在他的脸上勾勒出风沙刻下的皱纹。在大灾变后的一段时间里,这首歌在废土广播中流行过,后来连广播也消失了。直到此刻。

这间小屋有一种孤独感,仿佛它是世界上最后幸存的小屋,屋子中间是一张破茶几,上面放着一台就像是随手拼凑出来的电台。一群人围绕着电台,已经等待了很久,焦急难耐。他们是执行遥测中转任务的一个志愿者小组。负责操作电台的年轻人尤为专注,只有他没有被歌声感染,把脸紧贴着电台的扬声器,全神贯注地等待着电台的白噪声里跳出话音。周围的人只知道他的无线电呼号叫天行李,他们平时也这么称呼他。他们还没来得及互相熟悉,这是前一天才组成的志愿者队伍,仿佛从这片废墟里刚刚蹦出的青草。

忽然,天行李发出一个"安静"的手势。老人停止了歌唱,歌词中的宇航员飘浮在空气中。小屋里的所有人动作轻了下来,像飘浮在这幽暗的空间中,同"荒凉梦想家号"上的宇航员一样。

等待了片刻,白噪声里没有继续传出声音,有个人按捺不住去检查了一下伸出屋顶破口的天线。这时声音有了变化,先是一阵波动的杂音,然后是一声短促的咳嗽。"这里是'荒凉梦想家号',我们进入了环黑月轨道。"宇航员说。

几乎同时,这句简短的信息已经被电台中继转发出去。屋子里发出一阵欢呼,志愿者们互相拥抱。唱歌的老人默默放下吉他。

"你们没有听说过那个古老的预言吗?"老人用低沉的声音说,"黑月就要被唤醒了。"

屋里只有热烈的目光。他们沉浸在激动中，没有人在意老人说的话，毕竟他只是他们雇佣的司机，除了天行李。他转脸看向老人，认真地反驳说："为什么要被一个传说禁锢住？黑月在那里已经太久了，无知的时代也太久了。"

他们抬头，朝屋顶的破口望出去，黑月在那里露出大半个身影，比正常的白月的反光率低得多，暗沉的表面上，有一层薄薄的光雾覆盖着。这是世界大灾变发生之前停泊在第二月球轨道上的未知天体，和月球大小相当，仿佛月球的暗面。有人推断是它带来了那场全球大灾变，有人则说应该怪罪试图接近黑月的人类自己。

这个困惑了人类几个世纪的谜团，必须被终结。

按照流程，飞船此刻应该正在扫描黑月的表面。远在地面的这间小屋里，吉他的弦发出一丝颤音。然而并没有人触碰那把吉他，它靠在老人脚边。

一种奇怪的气氛笼罩了小屋，所有人都安静下来。那一丝颤音在屋里蔓延开去。有人发现，地面上各种物品表面的灰尘飘浮起来，均匀地悬浮着，每一粒灰尘都仿佛被指挥着排列在空中。

天行李感觉身上的汗毛倒立了起来，他直勾勾地盯着眼前的景象。他从幼年起就无数次想象过大灾变的景象，大人口中总是语焉不详；在夜晚两个月亮照耀着遗留地的时候，老人经不起他的软磨硬泡，便讲起月亮的神话传说。但神话只关于白色的月亮，所有大人对黑月讳莫如深。那种隐秘引发的想象，已经变成了一种无法克制的好奇，此时他被这景象紧紧地抓住了。他伸出手，穿过悬浮的尘埃，感觉像推在了一层气墙上，有一些静电的刺痒，又缩回手。空中留下了一个手掌的形状。

天行李倒吸一口冷气，看向屋顶破口中的黑月。黑月已经成为一个透镜，把人类不能解释的物理场聚焦到了地球上。下一秒，他看到一只手臂飘浮在空中。

是断离身体的一只手臂。他赶紧看了一眼自己，双手还在，身体却飘浮了起来。然后老人的一只大手就攥住了他的胳膊，把他拉开。天行李伸出另一只手去抓电台。老人大喊："别管那东西！"天行李还是一扭身子，抓住了电台。一声不可思议的撕裂声响起，屋子突然裂成两半。大量的碎片和纷乱的物品飘浮起来。那个失去手臂的同伴甚至没有来得及惨叫一声，就变成了碎片的一部分。

然后小屋的主体结构消失了，视线豁然开阔，荒凉的大地上是这个世界无穷无尽的绵延的废墟。天行李惊讶地看到，废墟上的砖石、生锈的钢筋也正在像饼干一样被凭空捏碎，上升。

老人把他拽出了那一小片区域后，重力恢复了。地面的震动从脚下传来。两人跑到老人停放在路边的卡车旁，这时的路面已经不允许卡车通过了。

"要命就上来！"老人先跳上卡车车厢，骑上一辆边三轮摩托车。天行李费了半天劲才爬进车厢。老人已经发动了摩托车，没有准备等他。天行李抱起电台，一个鱼跃躺进了车斗里。摩托车从卡车车厢一跃而下。卡车很快被坍塌的地面追上，像迅速风化的岩石一样消失在空中。

"不可能，物质怎么可能消失？"天行李回头看。一阵狂奔过后，他们逃出了异常区域，老人掉头停下摩托车，让滚烫的老家伙散散热。他们看向来处。这时一阵揪心才浮上天行李的心头，他想到同伴都没能逃出来。那里只留下一个巨大的坑，黑月正高悬在大坑上方的天空。

## 黑月之神

路上，还能运转的各个志愿者小组通过电台重新分配了中继网络，他们大多严重减员。太阳快要升起来了，地面的轮廓越来越清晰，二人路过废墟中间留下的一个个大坑，没有见到一个人。

"大叔，去西边，往高处走。"天行李对老人说。

"雷顿·枪火。"老人说，"我的名字没有那么难记。"

天行李确实想起，他总是带着一杆霰弹枪，像一个荒野猎人。

电台收到了地面控制中心转发来的第二条信息，"荒凉梦想家号"按照地面控制中心的指示继续做降落在黑月的准备。

"他们在玩火。"雷顿说，并望向天行李。他没有说出的下半句被天行李感受到了："你还要掺和这件破事吗？"

"我们还能有什么选择？"天行李说。

"哼，我们已经这样选择了几个世纪。"

"永远忍受着那个谜团？"

"直到我们超越它。生活告诉我的就是耐心。"

天行李沉默不答。没有观测过黑月的普通人是可悲的，也永远不会理解那种悸动。当他背着行囊踏上耸立在荒原上的灵台山时，他才变成了现在的他。从那座古老的大望远镜中，他看到黑月表面上飘浮的光雾，光雾下纵横的硅石的板块，每隔一段时间板块的交界处就会重新排列一次，这时灵台山上的观天学徒们就会把山顶的石板重新排布一次。他徘徊在山顶，沉思，心算，自言自语，直到天黑，望着黑月，他感觉黑月也在望着他。黑月从宇宙深处来到这里，一定有什么话要说。他的心跳随着山顶的风飘荡开来，那是他第一次找到生活的方向。

有时让他觉得不真实的是，山下就是黑月带来的废土。现在他们就颠簸在这废土上，迎接它的又一次死亡。这次可能更彻底。

天色又暗下来的时候，他们循着一片朦胧的火光，找到了一片临时聚集起来的营地。营地位于两个异常区域之间。每有新人到达就有人围上来打听有什么可以交换的物品。雷顿用一部分汽油交换了一些火药。

天行李拦住他："你不能这样，我们还得往西走。"

雷顿挤开他。"我不会为这件事冒生命危险，这属于不可抗力，雇佣结束了。"

"我说，你的职业操守呢？不，你不能这样……"天行李跟在后面无济于事地抱怨。

"如果你不想丢掉小命，就把那个可以通话的东西藏好。"走进营区之间，雷顿回头告诫天行李。

他们在营区里搭起帐篷，和衣就睡了。雷顿的身上散发着浓重的汽油味，加上他鼾声如雷，让天行李睡不踏实。夜里，天行李醒来，看到帐篷外火光通明。他钻出帐篷，走到营地中间的空地上，看到人们跪坐着，围着一堆小山一样高的篝火。他们的目光都望向同一个地方——篝火上方的那轮黑月。天行李看到他们的眼睛里有着和自己不同的东西，那是对不可理解之物的恐惧和敬畏。

天行李坐进人群中。几个戴面具的人围着篝火跳着傩舞。白月此时还很纤弱，繁星被吸聚在黑月周

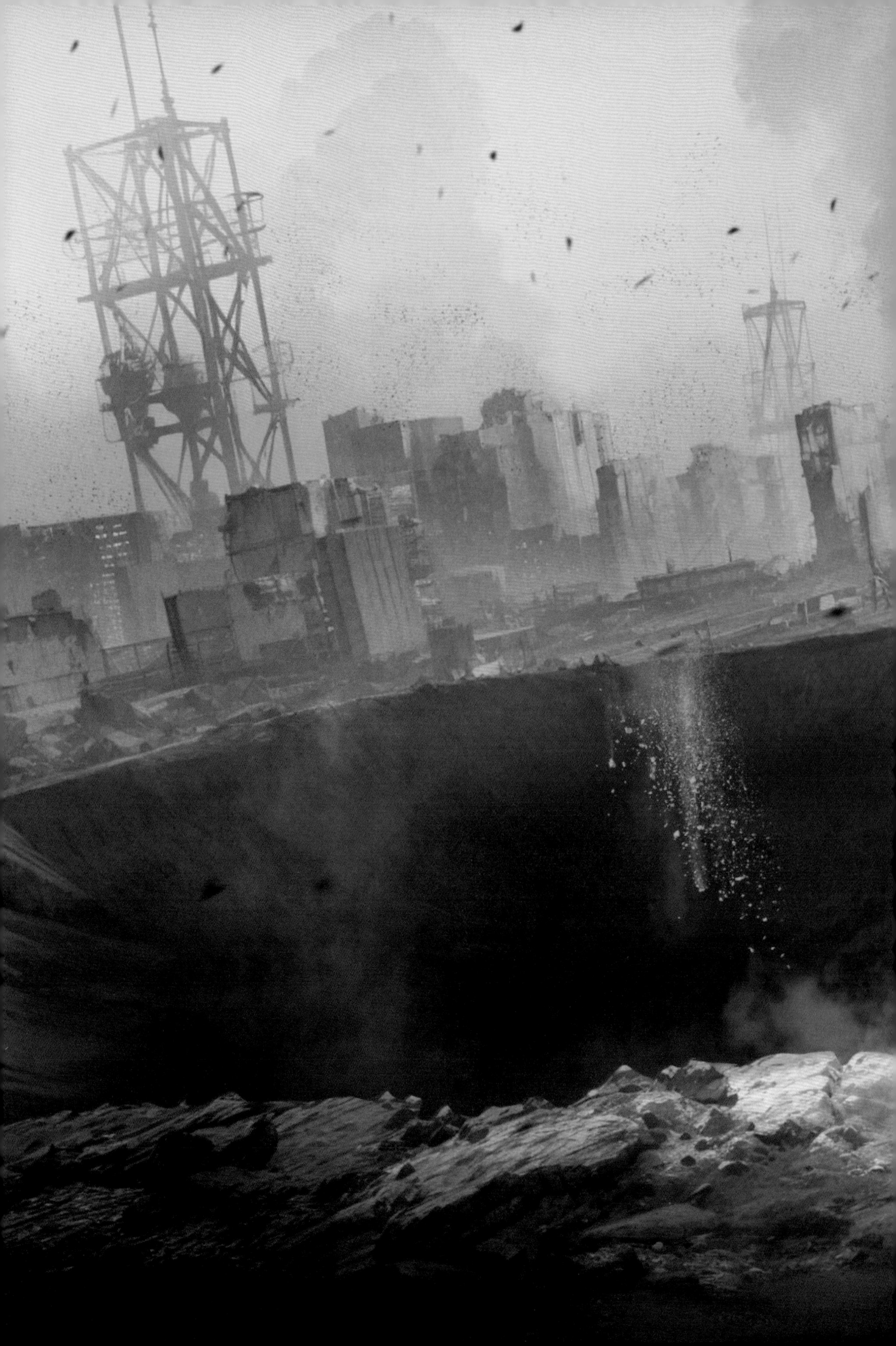

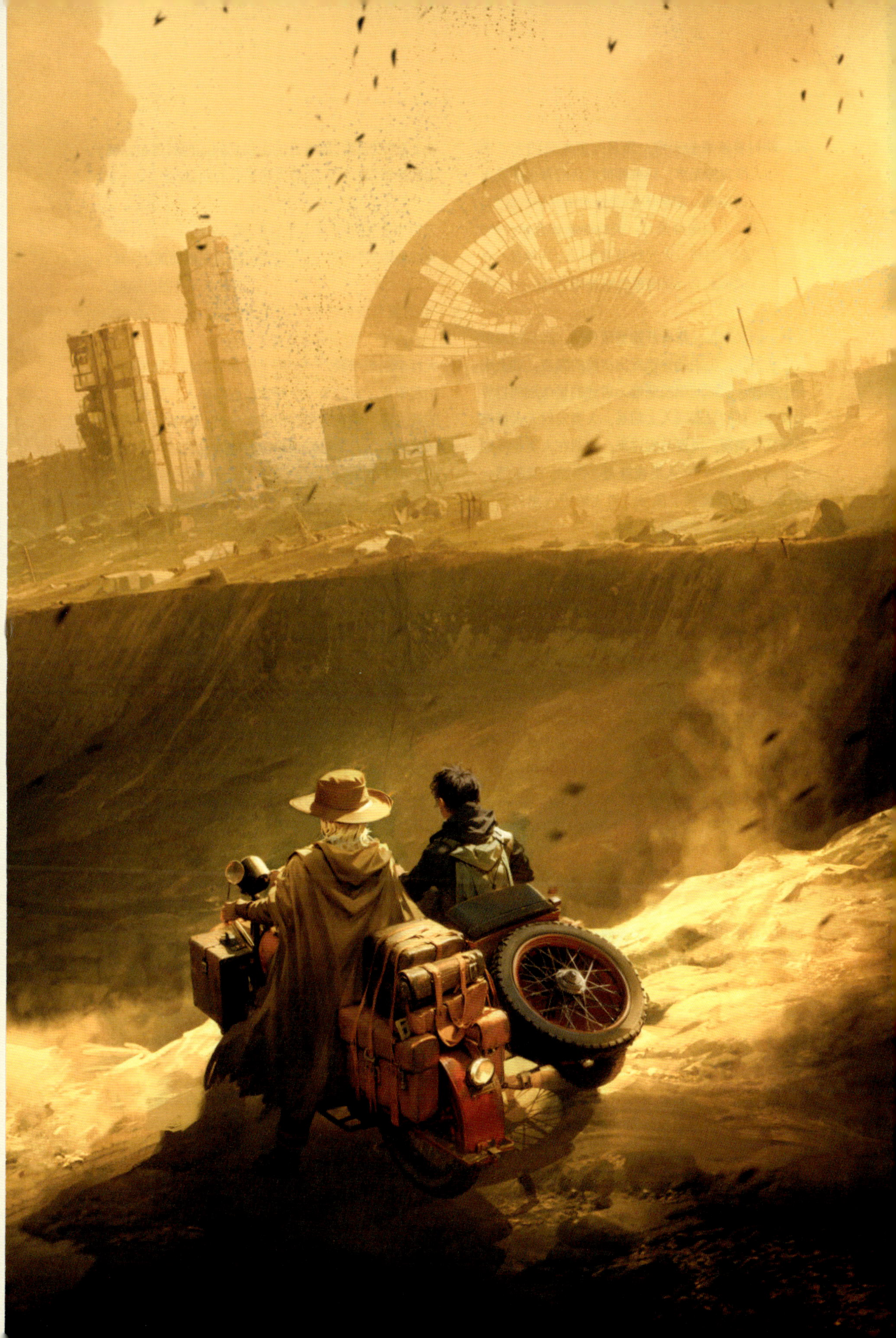

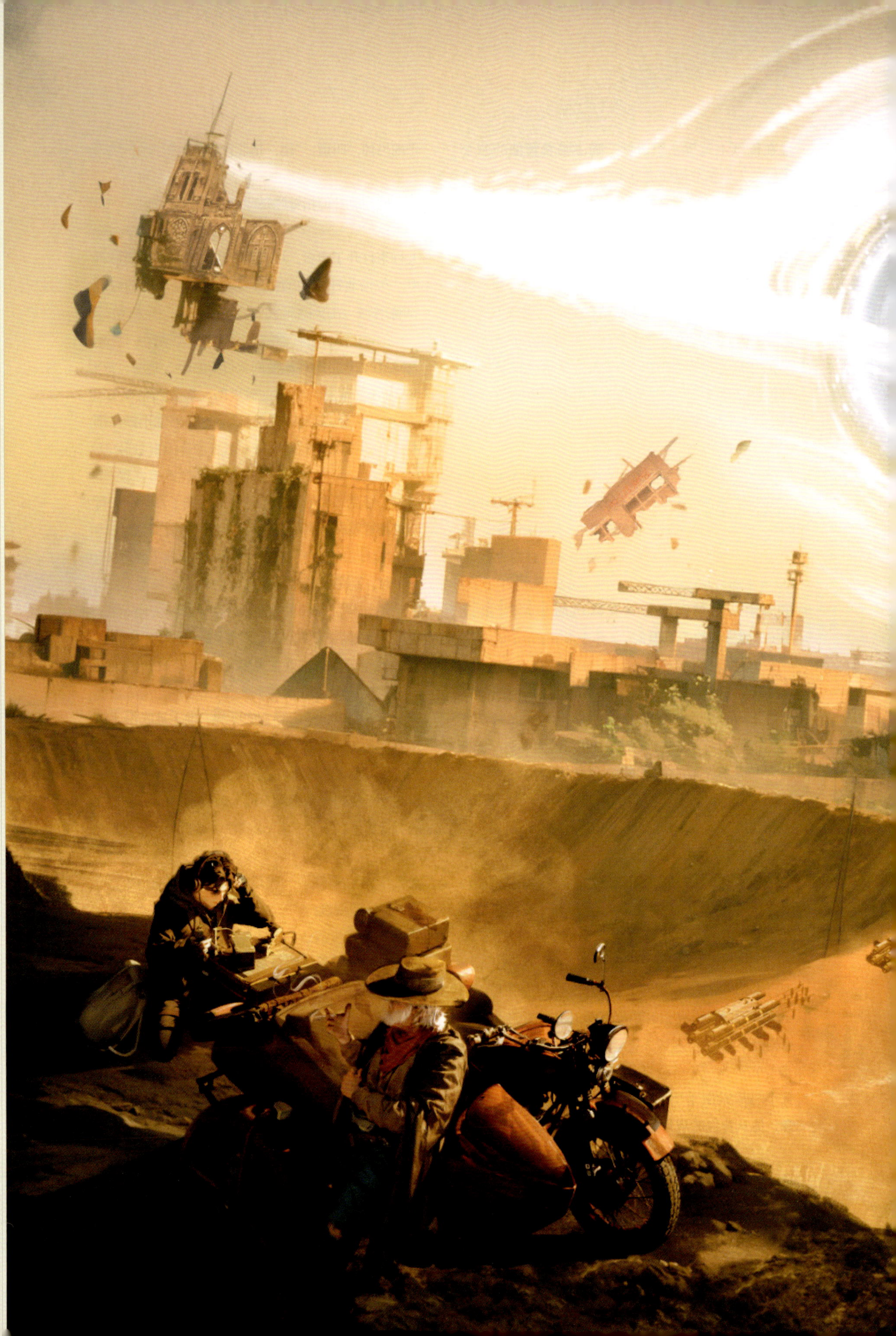

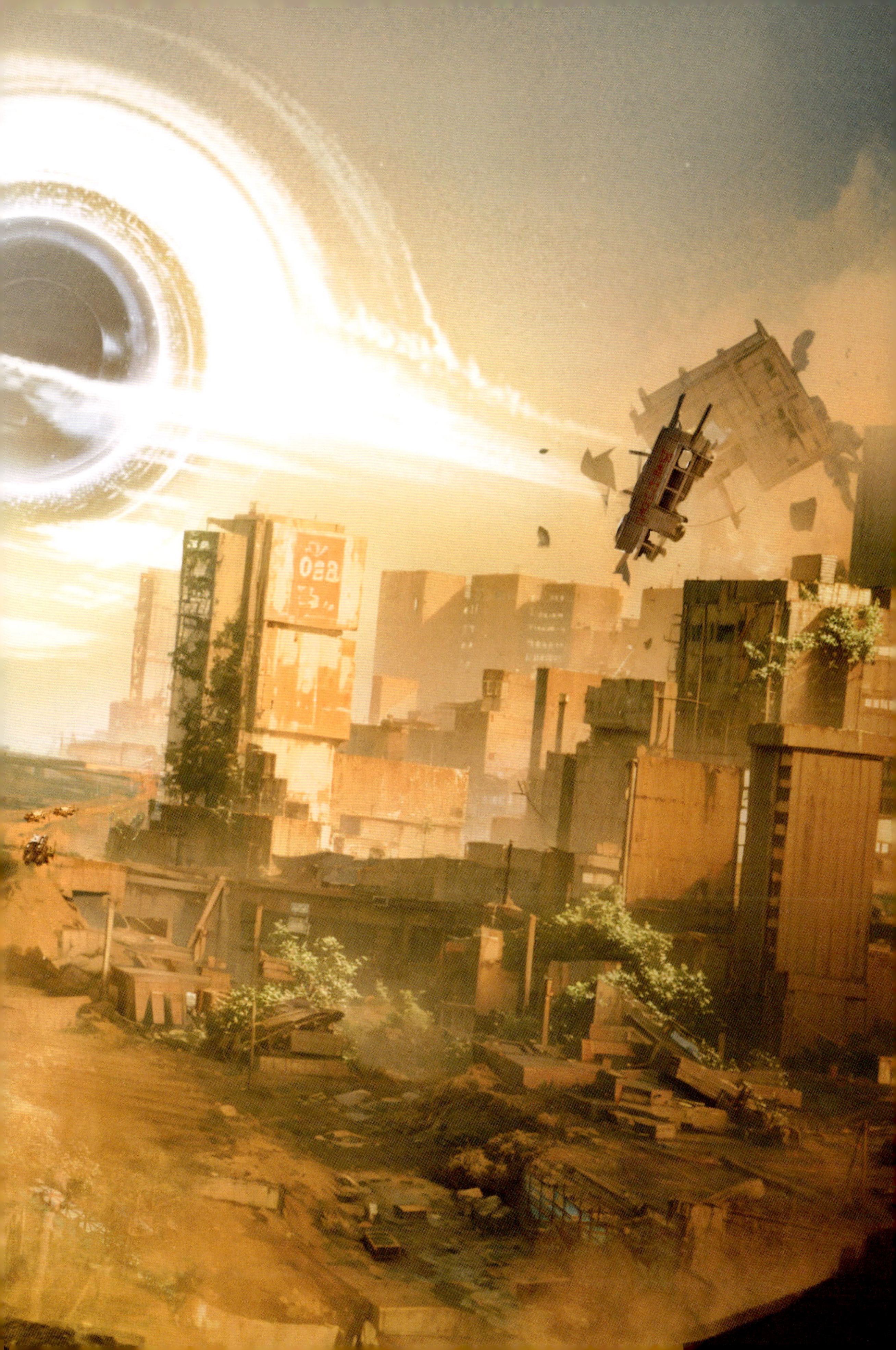

黄金颗粒不断掉在地上，有几粒掉在了死人的身上。

马库索斯的手下想要去捡落在地上的，马库索斯做手势阻止了他们。

"他们为了争夺金子死了？"马库索斯问维克多。

"可以这么说。"维克多说，"你知道我只有一个坚定的目标，就是阻止人类的贪婪。吃相难看是下等贪婪，这会惹怒我。"他看向天行李。"沉迷于满足自己的好奇心是人类最大的贪婪，足以惹怒神明。"

天行李打了个冷战。

天行李给出了他的计算结果，在那组数值里面，他精心地插入了一个会导致累积误差的错误，这会诱导导弹逐渐偏离目标。

那张稿纸交到马库索斯手上，又被交到维克多手上。

"你相信你的禁术士吗？"维克多问。

马库索斯耸耸肩。"我没有发现什么破绽。"

维克多阴鸷的眼睛盯着天行李。天行李努力让自己坦然，那个细小的错误就算让专家来，也需要仔细验算才能发现。

维克多朝一旁挥了挥手，他的两个手下离开了。过了一会儿，二人从树林中推出来一个带轮的铁笼子。铁笼子里是一个赤身裸体的老人。

"这是我的禁术士。"维克多说，"他是一个数学家。"

天行李看到数学老人的皮肤皱得像老树皮，毫无生气，如果不仔细看，不知道他是死是活。老人抬起毛发凌乱的头颅，翻出两个白色浑浊的眼球。天行李这才发现老人的眼睛是失明的。

维克多的一个手下把稿纸贴在老人的背上，然后他拿出一盒银针，把银针扎在稿纸上书写的笔画上。当老人背上扎满银针时，输入完成了。在这个过程中，老人始终保持呆滞的状态，输入完成的那一刻，老人抬起头来，翻出白色的眼球望着虚空。

老人口中念念有词，吐出一些让人听不懂的公式和数字。只有天行李止不住惊讶，他听出来老人是在用霍曼转移轨道逆推飞船的发射窗口时间。这不是一般人能做到的心算。一连串的计算后，老人口中吐出了一个日期和时间窗口，竟分毫不差。

此时天行李相信，这个老人的眼中能看到太阳系星球的运转，物质的聚散，还有他的命运。

天行李只能静静地等待命运的结果。

突然，老人激动地挣扎起来，摇晃着铁笼。"错了！算错了！谁？谁亵渎了数学？"沾了血的稿纸从他的背上滑落。

维克多走到笼子前，听数学老人在他耳边报出一组数值。他微微点点头，看向马库索斯。马库索斯皱了皱眉头。

天行李明白要赶紧说点什么才能扭转局面，但是话堵在他的喉咙说不出来。他对数学老人充满了敬佩，但是自己没有能力救他。他只想保住"荒凉梦想家号"，活下去看到这场接触的结果，如果第二个目标无法做到，至少让结果发生，他别无选择。

只需要把那些话像程序一样说出来。

"他是一个伟大的数学家。"天行李对维克多说,"我可以知道他的名字吗?"

"驽马。"维克多不介意给一个将死之人一点宽容。

"驽马,刚才他不知道我的存在吧,我听到了他的计算过程。他不仅明白我的计算的含义,还明白它背后那件事的含义。"

维克多示意他继续说。

"我知道有一件事是无法抗拒的,那就是对从未看过之事。他能看见的世界比我们明眼人更透明,唯一能引起他好奇的只有——黑月的真相。"天行李望向众人。"所以,他篡改了正确的结果。他才是亵渎数学的人。"

数学老人惊讶地望着天行李说话的方向,张着嘴说不出话来。

维克多低头思考,他把玩着他的左轮手枪,就像随时要抬枪射击的样子。

然而越思考,他的脸色就越阴沉。

天行李知道,这局成了。维克多最信任的无欲无求,被天行李掺进了迷雾。本来维克多还可以用那把枪玩一个谁先说出实话谁就是唯一存活者的游戏,但现在任何答案都不可信任了。发射导弹的时间窗口已经不多了。给所有答案掺入不确定性,这就是天行李最后能做的事情。

"你的目的是什么?"马库索斯问天行李。

天行李顺着自己扮演的角色说下去:"我看见了灾难的后果,并且……我亲身经历过死亡的危险,现在我想活下来。"

马库索斯朝维克多点点头。

维克多抬起手枪说:"不如这样,我们俩杀死自己的人肉计算器,再去找新的,更纯净的。"

"导弹发射怎么办?"

"二分之一的机会,总会轮到我们赢的。"维克多甩出左轮手枪的转轮,退出子弹,隔一颗再装回一颗,把转轮归位。他转动转轮,静静地等着。

转轮停下的那一刻,维克多抬手对数学老人开了一枪。一声震响,数学老人瘫倒在笼子里,喉咙里发出几声咕哝,没有了声息。

天行李浑身都震了一下,僵在原地。

维克多看向马库索斯。马库索斯拿起自己的自动步枪,犹豫了一下。

维克多补进一颗子弹,再次转动转轮,抬手对天行李扣动了一下扳机。枪没有响。

维克多又转动转轮,转轮咔咔地滚着。天行李想逃,但双脚就像焊在了地上。

这时马库索斯抬起了枪,却是朝着维克多的方向。维克多没等转轮停就抬枪抢先对马库索斯开了枪,这次枪响了,子弹穿过马库索斯的脖子。马库索斯倒在地上,以极快的速度失血。他的手下想要还击,却被维克多的五名手下举枪压制住了。

维克多不紧不慢,补进去一颗子弹,继续转动转轮。突然他的脸色变了,抬枪对着树林里开了一枪,枪没有响,就在他要接着开第二枪的时候,树林里的枪响了。那是一声如炸雷般的轰响,维克多被巨大的冲击力轰飞,翻倒在地上。

马库索斯的手下和维克多的手下一通乱战。天行李看到雷顿·枪火拿着一杆冒烟的霰弹枪走过来，摁低他的头，把他从战场中间拖出去。

"老雷你还活着！你怎么才出手？"天行李说。

"我说了要有耐心。"

二人躲进树林，马库索斯的手下也把头儿拖进了树林。看样子那边维克多还能动弹，这边马库索斯只剩下一口气了。维克多的人马虽然少，他们凭借对地形的熟悉向树林逼近，子弹不断穿过，树叶纷纷落下，马库索斯的人已经倒下了几个。树林内外形成了对峙。雷顿叫天行李在一棵树后躲好，别好奇伸头，他举起霰弹枪还击。

不多会儿，雷顿的铅头子弹打完了，只剩下一些用火药自制的简易子弹，这些简易子弹很难穿过树丛造成杀伤。这时，雷顿发现了有人从树林后面摸过来，他低声叫天行李趴下。二人趴在灌木后面，看到来人是两个拿着自动步枪的，互相掩护着靠近。"该死，一枪打不死。"雷顿暗骂。天行李抓了一把地上混着金砂的砂石，准备做拼死一搏用。雷顿被提醒了，他叫天行李："帮我搜集金砂。"天行李立刻明白了，他从砂石中挑选出金砂，递给雷顿。雷顿给枪上好子弹，从枪管塞进一把金砂。

当一个来人正好遮挡住另一个人的视线时，雷顿突然直起身子轰响了扳机，一道金光闪闪的弹幕从树叶中间切过，抵达目标时正好散布到他的上半身。黄金是比铅更优质的携带动能弹头，金色的弹幕激起一片血雾，随后那具身体像木头一样直挺挺倒下。后面那个人的视野清空时，雷顿已经上好金砂开了第二枪，又是一道金色的暴雨，第二个人只来得及胡乱扫射出几发子弹，就直挺挺地倒下了。

维克多剩下的人撤走了。这场战斗终于结束了。

天行李走到马库索斯身边蹲下，对他说了声："抱歉。"

马库索斯脖子和嘴里冒着血泡，抽了几口气，他艰难地问道："告诉我……如果不是神迹，怎么会有黄金雨？"

天行李低头看着马库索斯，马库索斯就像一个刚刚看见天空的孩子。天行李的声音变得柔软："那是金元素在宇宙中诞生的过程。那片乌云是一片星云，里面孕育着两个极小的中子星模型，那是宇宙中密度最高的星体，它们相撞前互相围绕着高速旋转，释放出脉冲电磁场；然后它们相撞，挤压出包含金元素的重元素，于是，黄金的暴雨被抛撒向宇宙。马库索斯·暗星，那是宇宙中最壮观的烟火，我们都是那场烟火的余烬。"

马库索斯的眼皮眨了几下，就像星云深处的星星，然后他的呼吸轻缓了下来，眼神变得宁静。他用微弱的声音最后说道："如果这不是惩罚……"

天行李合上马库索斯的眼睛。马库索斯最后躺在墓穴中时，天行李将一粒金砂放在他的眉心上。

"该上路了。"雷顿给边三轮摩托车加好油。"这次去我要去的地方。"

"你也有要做的事情？"天行李惊讶。

"这场灾变不是只跟你有关。"

刚开上路，后面追来了另一辆边三轮摩托车。是马库索斯的人？不，他们已经说过不会阻止天行李离开。是维克多的人。子弹已经呼啸着飞过来了。

雷顿把上好子弹的霰弹枪递给天行李。

天行李说:"我打不准。"

"就吓唬他们,见鬼!快!"雷顿一边低头躲子弹。

天行李观察了一下周围的环境。车斗里有一层停放在黄金雨中接来的金砂,随着摩托车的每一下颠簸,金砂就唰唰地抛起又重重落回斗里。天行李拿起霰弹枪插进金砂里,抵住车斗底部。"轰"的一声,车斗底部被轰开了一个大洞。

"你在干什么!"雷顿吼起来。

"看见前面那个黑洞了吗?"

"我知道那是什么,我会远离它。"

"不,靠近它。"

"什么?你疯了?"

"别太近,听我的指挥。"

金砂从车斗底部的洞漏出去。天行李竖起拇指估算黑洞的史瓦西半径的大小,然后再估算出临界安全距离。

车子离黑洞越来越近,风越来越急,黑洞悬浮在半空中,纯粹的黑暗像一只大眼盯着来人。地面的枯草齐齐向黑洞歪着头,扬起的沙尘像一条长龙向黑洞延伸去,让黑洞的一层薄薄的吸积盘发出闪烁的辉光。后车不要命地紧紧追了上来。

"减速。"天行李说。

"你开玩笑?"

"减速,再靠近黑洞一点。"

摩托车的速度降下来,后车没有减速,迅速拉近了距离。速度更低的前车的抓地力更强。后车装载着金砂,受到的黑洞引力更强,而它的高速度使得它的抓地力更弱,它在一下颠簸后弹了起来,然后再也没有落下,车体在空中翻滚着,甩出一长条金砂;车上的人试图朝天行李他们开枪,子弹在黑洞引力的影响下扎向地面,再靠近黑洞一点,子弹就没法逃逸出五米之外了。

天行李让雷顿扭转车头开出黑洞的影响范围。天行李看到,维克多手下的车和人在黑洞的背景上被拉长了,像柔软的面人被拉成细长的面条,那是黑洞的潮汐力导致的潮汐撕裂。雷顿把车子停下时,细长的追杀者已经被定格在黑洞表面上。对于他们自己,死亡只是一瞬间,对于天行李和雷顿来说,他们永远在去往死亡的路上。

雷顿吐了一口气,说道:"你真是个魔鬼。"

天行李打了个冷战,不知为什么,这句玩笑没有让他觉得轻松。"我杀死了他们,是吗?"他感到后怕,声音有些发颤。接着他瞪大了眼睛,看到血从雷顿的肩膀上流下。

"没什么,贯穿伤。"

天行李想帮忙,触碰到雷顿的肩膀的时候,雷顿缩了一下。

雷顿取出工具,自己简单包扎了。

这时,地面传来一阵震动,发射井方向上,白色的长椎体从地平线上升起,拖着一条刺眼的尾焰。外空导弹还是被发射了,带着两组参数中的一组。二人抬头望去,那片天空正在下起一场黄金雨,导弹在金色的暴雨中升上了傍晚的天空。

## 宇宙博物馆

"荒凉梦想家号"已经到达了前辈从未到达的近距离，在其发回的报告中，黑月表面的雾气和硅石板正在发生前所未有的变化。黑月既没有击毁来客，也没有视而不见，它在按某种程序改造着地球。地面控制中心评估后认为，具备降落黑月表面的条件。

地面上的灾变仍然在上演着。一路向西，宇宙的奇景就像画廊一样展示出来。天行李代替了受伤的雷顿开车；雷顿不多久就发烧了，躺在车斗里，时而昏睡，时而醒来指点一下方向。

他们在最孤独的黑夜中看到"上帝之眼"星云铺展在荒原上；雷顿不让天行李插手，在"上帝之眼"的注视下，他独自把火药倒在伤口上点燃，然后瑟瑟发抖地蜷缩在车斗里，就像世间一个微不足道的人。

他们遭遇过超新星的射线暴雨，暴雨在白日的天空上投上极美的极光，与之相伴的是一群飞过的鸟儿如流星雨落下。

有些奇景旁会搭起临时的月坛，香火缭绕，摆放着供品。雷顿拜过黑月之神后，从供品中拿走了一些充当路上的口粮。在路上他们遇到了一个科学考察队，天行李与考察队的人相谈甚欢，相伴前行。据说这些宇宙奇景中蕴含了真实的宇宙数据，这是人类再发展数千年也不可能获得的数据。天行李在这些青年男女的眼中看到了自己年轻时的光芒，雷顿却不愿意参与他们的谈论。

在一个湮灭留下的大坑中，类似气凝胶的物质形成了一组高大的气体柱，吸引了附近的人来围观。天行李惊讶地认出来，那是存在于宇宙最深处的"创生之柱"，在古老的文明时代被哈勃望远镜首次发现。气体柱中孕育着点点微小的恒星泡，这个直径10光年的巨柱的微缩副本就像一个孕育了无数小生命的池塘。有好事的小孩朝其中扔了一颗石子，一片彩色的涟漪在气体柱中荡漾开来，冲散了几颗幼年的恒星。考察队的队员指责小孩，和小孩的家人对骂起来，方言和唾沫星子横飞。天行李感到恍惚，他不知道这两件事应该以怎样的方式存在于宇宙中才是正确的。

随着向西攀上高原，路难走多了，人烟也越来越稀少，文明衰落后，这里长期以来就是无人区。他们遇到了一片被他们称为"虚空花园"的景象，物质在涟漪中不断绽放创生，又瞬间消散。天行李只能猜想，那是宇宙中无人所见处的一片量子海洋。他们知道宇宙就要将它的最深处向人类敞开了，这是人类的科学猜想都还没有涉及的领域。他们在等待着最终的篇章。

"老雷，你在等待什么呢？"天行李问。

雷顿·枪火紧裹着一张毯子，坐在一块岩石的边缘，望着荒野。他已经沉默了很久，就在天行李以为他要永远沉默下去的时候，他说道："最终的代价。"

在下一个夜晚，他们远远看到了生命之树。这是后来他们给那个景观起的名字，所有见到那个景观的人都会想到这个名字。生命之树远在地平线上就散发出光泽，那是一棵枝条在空中飘荡的参天巨树，至少在人类的世界里它像一棵树。这是他们所有人一路上见过的最庞大的景观，比白洞造就的玻璃沙山更加高大。越走近，越能感受到它的体积。生命之树的原型说不定是以整颗星球为养料的。在它的枝条间，同样散发着光芒的浮游生物飘散向四面八方，像水母一样一张一缩地游动，个体之间有时会嬉戏，那毫无疑问是一种生命。他们第一次知道黑月可以创造出活生生的对象，或者说，他们第一次看到宇宙中别的生命的模样。

他们还离得很远就捡到了一只浮游生物。那些发光的小东西并不适应地球的环境，飘出没多远就死掉了，纷纷扬扬掉落到地面。这一个是飘得最远的，可能飘了一天一夜，天行李一行人追逐着它落下的地方，看到它透明发光的尸体掉落在草地上，把一小块草丛照得晶莹剔透。他们就像找到了宝藏一样高兴。从小东西轻盈的伞膜可以猜测，它们原本可能是乘着星风远航的旅行家，捕食星际稀薄的元素。第二天，死去的小东西就不再发光了。

快要走到生命之树脚下时，雷顿说了声："到了。"

天行李不知道雷顿是怎么知道周围的环境的，这个虚弱的老家伙躺在车斗里眯着眼，就像没在看任何东西。

雷顿从车斗里爬起来，挂着枪杆子颤颤巍巍地走下地，用枪杆子戳着地面寻找。果然，找到了一片曾经硬化过的地面。"这里在大灾变前是一个航天发射场。"他说。

"你怎么知道？"天行李问。雷顿也不是那个时代的人。

雷顿没有回答这个问题，他用枪杆指着远处的生命之树，说："生命之树生长起来的地方，就是火箭的发射塔。"

果然，树的底部有一座已经残破的塔架。

"走吧，去另一个地方。"雷顿说。

傍晚，他们来到航天发射场附近的一座小山脚。雷顿急急地走下车，循着小路走去。

路头是一座村庄的废墟，但这不是那种废弃已久的废墟，它还有新鲜的碎片和不久前生活过的痕迹。村庄被几道湮灭的能量撕开，有很多部分连废墟都没有留下就消失了。天行李意识到一个冷酷的事实，但他没有说出来：村庄的一部分和村庄里的人变成了那些宇宙奇景的一部分。

雷顿剧烈地咳嗽起来，弯腰吐出一口血唾沫。

夜里他们就在这里落下脚来。

白月尚隐在地球的阴影中，黑月已升上生命之树的树梢，生命之树又散出了生命的种子，顽强的虫鸣从四面八方涌起，围拢住村庄的废墟。众人坐在一个残破的院子里，他们终于有时间和足够的见闻来讨论这场灾变的含义。

这场灾变是被人类的探索行为触发的，它没有表现出毁灭性目的，也没有对生命怀着特别的仁慈。它由人类对黑月探索的深度来触发进程。不能排除这是一种测试，但是它也没有表现出测试的目的。如果换一个更中性的描述，灾变只是陈列在宇宙中的事物。天行李得出了一个结论：这是有人给宇宙中好奇的物种准备的一座宇宙博物馆。

考察队的队员们拍手赞同，他们认为，这个比喻配得上他们一路上令人惊奇的见闻。甚至可以说，黑月是一件稍稍冰冷的礼物。

"你呢？"天行李问雷顿，"作为这里唯一不是禁术士的人，你有什么看法？"

雷顿躺在一张躺椅上，冷笑了两声，讲述了他与这里的渊源：

"大约三十年前，我还年轻的时候，参与了一个叫作'重返太空'的秘密项目。不，我不是什么禁术

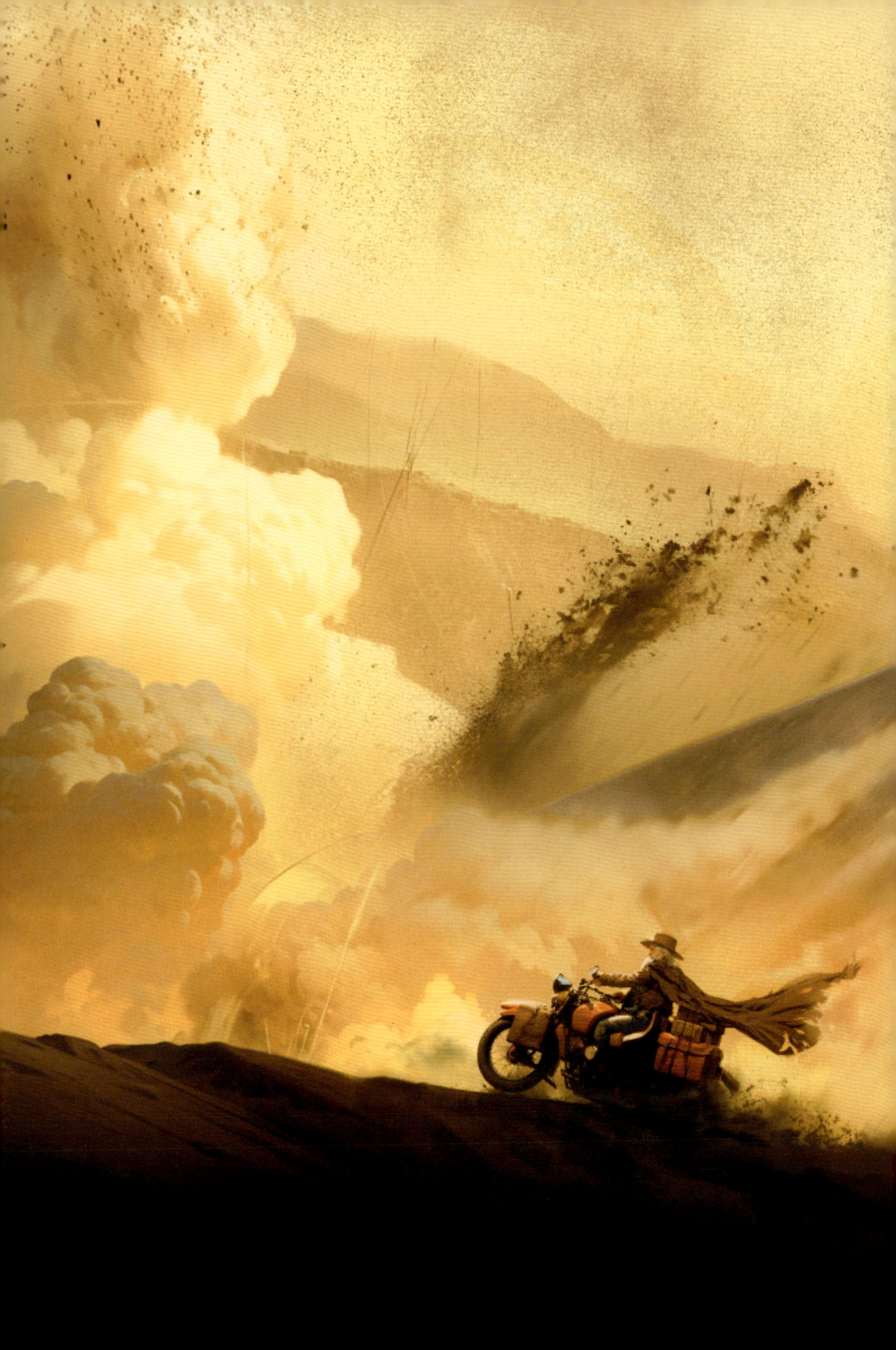

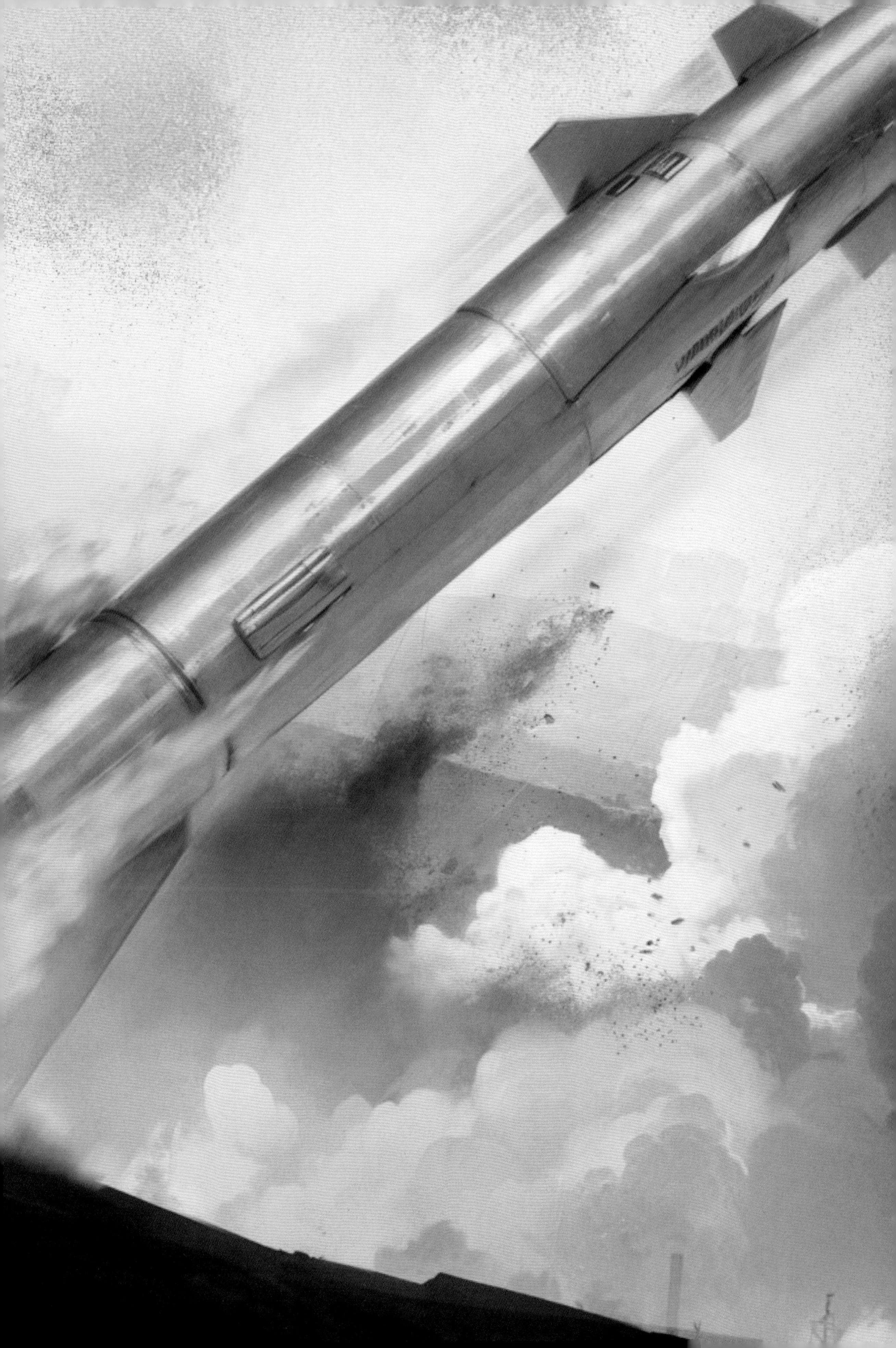

士,我只是一个负责交通和运输的人,因为一路要经过很多不安全地带,我也是个押运员。我们找到这个废弃的航天发射场,在这里找到了一台已经组装好的第一级火箭,它的封存状态很不错,那台火箭发动机让这个项目有了可能。我们没有文明时代的大型工程运输车,使用了古老的滚圆木运输法来运输火箭,这种方法曾经被用来运输大型轮船。幸运的是,附近就有一座村庄,它存在于无人区的夹缝中。我们决定冒险,雇佣村民从附近的山中锯来圆木。

"火箭上路后,村庄里的年轻人想从这个机会中得到更多,于是他们拦住火箭向我们讨要过路费。我很明白,废土上无法无天,每耽误一天,风险就增加一分,那些禁术士很不擅长隐藏自己的身份,到时候就不只是过路费的麻烦了。于是第二天半夜,我带上我的猎枪,使用一种特制的子弹,这种子弹的冲击力可以刚好把一枚鱼枪发射出来穿过人体,又不会发出太大的声响;我摸进每一个带头的年轻人家中,把他们结果了,鱼枪从嘴巴穿进去,他们发不出任何声音。"

天行李震惊地看着眼前这个人,他先是不敢相信雷顿是参加"重返太空"这个传奇项目的前辈,然后更不敢相信这个项目有过这样的肮脏历史。

黑月的幽光照在雷顿脸上,他的面色说不清是平静还是沉重。他继续说道:"不用感到奇怪,这件事一直沾满了代价。一路上我跟那些禁术士相处了很多,我惊叹人类经历了漫长的无知时代仍然可以飞蛾扑火般飞向黑月,他们甘愿付出一切,放弃安稳的生活,背负被诅咒的身份,不舍昼夜,甚至付出生命……好奇心就是人类最固执的本性,是废土上永远不会被湮灭的花朵。就像你们沉迷于宇宙的美一样,我沉迷于人类身上的这种美。我也明白,只要黑月还停留在那里,代价就是注定的,唯一可以改变的一点是,我可以让代价与花朵离得远一些。

这是年轻时的天真,有了这个理由,代价的发生似乎就有了理由。那些禁术士,他们也不是完全不知道背后发生了什么,我带着运输组一路上干了不少脏活儿,他们偏偏对这些事没有了好奇。我来到这里想看看,这个村庄怎么样了,该死,它最终还是被最初的好奇心毁灭了。"雷顿望着众人,"现在你们还认为,黑月是一件有点冰冷的礼物吗?"

## 生命之树

禁术士有一种骄傲、纯粹、透明,是这种骄傲让他们忍受世人的冷眼,哪怕是追杀。现在雷顿给他们的骄傲兜头浇了一盆脏水。雷顿的心情似乎好了起来,天行李和考察队队员们的心情却像吸了水,沉重、潮湿。圣洁的生命之树成了他们的精神安慰,他们朝着树下走,就像去往朝圣之所。走到树下,所有人惊讶地发现,这里竟然有一个临时搭建起来的小小村庄。村庄是由山脚下村庄的幸存者聚集起来搭建的,这些人已经饿得体弱无力,生命之树让他们得以存活下来。

一个穿着红色染布百褶裙的小女孩,光脚走在沥青地面上,带领他们穿过成排的棚屋。

"大树下的雨停了,"小女孩说,"在树下能捡到最多的树果,煮好,就可以吃了。"

每家每户在棚屋门口架上一口锅,煮捡来的"树果",柴烟和水蒸气爬上屋顶,在村庄上缭绕成一层烟雾。

小女孩领客人来到她临时的家中。小女孩的妈妈正在忙着下厨,只抬头"嗯"了一声,又低头继续忙了。

小女孩掀开一口缸给客人看,随后一头扎进去,起身抓出一只颤颤悠悠的"树果",她向客人讲解这种食物的独到之处。"树果"已经用明矾水浸泡好,去除可能存在的毒素和腥味。捞出的"树果"沥干后用盐腌制。另一边,已经腌制好的一批"树果"用石板压住脱水;脱水后的"树果"被放在文火上熏烤至微黄,使其口感变脆。女主人装出一盘干"树果",这是今天的食材,把干"树果"漂洗后,放进锅里煮。煮好后起锅,拌上酱料和香草。

小女孩对客人摇摇头,说:"我们的树果只够我们家吃到下一次大树雨。"

雷顿掏出一包干粮,捏出一摞饼干交给小女孩,说:"换我的那份。"

小女孩还是摇摇头,继续伸着手。

雷顿再加上几块饼干。小女孩才收回手,点点头。

考察队的人皱着眉头,互相看了看,决定吃自己的干粮。

天行李为难地看看考察队的人,又看看雷顿,也掏出了自己的干粮作为交换。

"这些美丽的宇宙生命不该被吃掉。"考察队的人说。

考察队的人坐在屋外啃干粮;天行李和雷顿,还有母女两人,围坐在棚屋里的桌子旁吃晚饭。女主人做出一个请吃的手势。天行李夹起一块"树果"放进口中,小女孩眨着亮闪闪的眼睛盯着他。照着肉质厚实的地方,忐忑地咬下一口后,带着薄荷叶清凉的"树果"发出清脆的"咔嚓"声,地球上从未有过的胶质组织被牙齿切开,释放出脂肪混合氨基酸一般的鲜香;薄如蝉翼的伞膜卷过舌尖,散发出一股腥风和烟火混合的独特香味。

小女孩看着天行李的表情笑起来。雷顿则大大咧咧地往嘴里塞"树果"。天行李瞥见饭桌上摆着一副空碗筷,没敢多问。

傍晚,电台传来了声音,"荒凉梦想家号"报告,飞船探测到一枚导弹与黑月擦肩而过,飞船安然无恙。

天行李愣住了,他不知道是维克多相信了他的计算结果,还是数学老人也布下了一个局。他不知道自己应该觉得庆幸还是失落。雷顿的发热病就像转移到了他的身上,他感觉自己在一条混沌的大河上已经漂流很久了,他在不同的现实可能性之间分不清自己在哪一条分岔上。

众人就在小女孩的家中借宿,在堆柴火的后院搭了简易的铺盖。晚上,生命之树把院子照得荧荧发亮,水草般的枝条在头顶恣意舞动。

天行李问雷顿:"你为什么要救我?"

雷顿满脸的胡子挤了挤。"可能,因为你有可能找到一个解。"他那苍老的脸上挂满生命之树的光芒。

小女孩捧出一个珍藏的玻璃罐子向众人展示,里面是几只还活着的"树果"。不知道是因为生命力顽强还是巧合,它们活了下来,在玻璃罐中游动,发光。大伙儿围着看,这是他们唯一见过的活着的这种生物。

"妈妈说它们可以最后吃。"小女孩说。她把玻璃罐放在窗台上照亮着睡觉。

第二天早上,考察队的队员连同那个玻璃罐一起消失了,没有留下任何干粮。小女孩伤心地哭起来。天行李听得懂小女孩的哭,一半是因为她视那些小生命为朋友,另一半是因为那是她和妈妈一顿的口粮。

这天晚上，"荒凉梦想家号"就将降落在黑月表面。

天行李问雷顿："接下来你怎么打算？"

雷顿躺在柴堆上翻了个身，说："我留在这里，如果他们活下来，我就活下来。"

天行李背上一个行囊，挎上电台，往生命之树上爬去。他知道这有多危险，但是他无法拒绝这棵树的召唤。

最开始的一截可以顺着残存的塔架攀爬，再往上，就要完全在一个陌生的宇宙生命表面攀爬了。

他先找到一些低矮而宽阔的枝条，规划出一条安全的路径。枝条的远端漫游摇摆，近端非常稳固。手触摸树的表皮时，他感觉到一种温润，表皮下有光沿着脉管流动。他用手指抠住树皮的纹理，脚蹬着树干，开始小心缓慢地向上攀爬。抬头看时，宇宙的光芒透过重重树冠洒下。年轻时他幻想过自己成为飞往黑月的宇航员，为此努力过，摔回现实过，现在，他攀爬着这棵大树就像通往宇宙，这让他热泪盈眶。

他看到了村庄的全貌，雷顿在小院子里挥斧，劈柴，小女孩很快忘记了伤心，爬到屋顶上寻找遗漏的"树果"，女主人在屋前亮堂处缝补一件宽大的旧衣服。

随着高度的增加，树干逐渐变细，但依然坚固可靠。树枝开始变得密集，它们像是天然的阶梯。每攀上一个新高度，树干和树枝里的光线似乎更加明亮，光线会在某些地方汇聚成瘤，这是能量更加集中的孕育环境。天行李在光瘤周围采集到了一些"树果"的胚囊，放在罐子里。他不能确定自己是为了探究这些神秘的生物，还是为了那个孩子。生命的可能解在他这里越来越多，推拥着他在生命的这条大河上漂流。

夜幕降临，天行李爬到了树冠上一个枝条分岔的稳固平台上，在这里等待落月时刻到来。黑月上的变化现在用肉眼就能够分辨出来。电台里传来航天员略带紧张的声音，"荒凉梦想家号"开始了最后的落月高度倒计数。天行李反而感到了宁静，他坐在这个星球大小的宇宙博物馆里，坐在最大的一件展品上，想象着这座博物馆的一切可能。如果这座宇宙博物馆包含了宇宙中的一切景象，它就包含了最好的和最坏的存在。天行李甚至想到，如果那个创造了黑月的文明经历过上一个宇宙，最后一件陈列出来的展品就可能是宇宙最终的大撕裂，它的扩散速度会撕碎地球上的所有分子和原子。

然而此时一切还未发生，夏夜晴好，树下的村庄安静成了一个朦胧的亮点，带给人类古老恒常的白月正温柔地露出半边面容。

他离宇宙是这么近，仿佛只要放开安全绳，就会飘到宇宙中去。如果可以的话，他一定会这样做的，哪怕只能看一眼。好奇心会把我们带往何处？被宇宙之美捕获的人，无暇回答这个问题。就在这时，他找到了那个解。那不是一个确定的解，如果黑月不仅是一件冰冷的礼物，同时也是一个温柔的陷阱，那它陈列的就是好奇心的可能性本身；这既包含了最壮丽的美，也包含了最冷酷的代价。

他抬起头来，第一次如此心情复杂地面对宇宙。

电台中，"荒凉梦想家号"降落到了黑月表面。黑月上的光雾一瞬间消失了，从未见过如此纯净幽蓝的黑月。

地面控制中心在等待着，黑月在等待着，夜幕下的地平线在等待着。

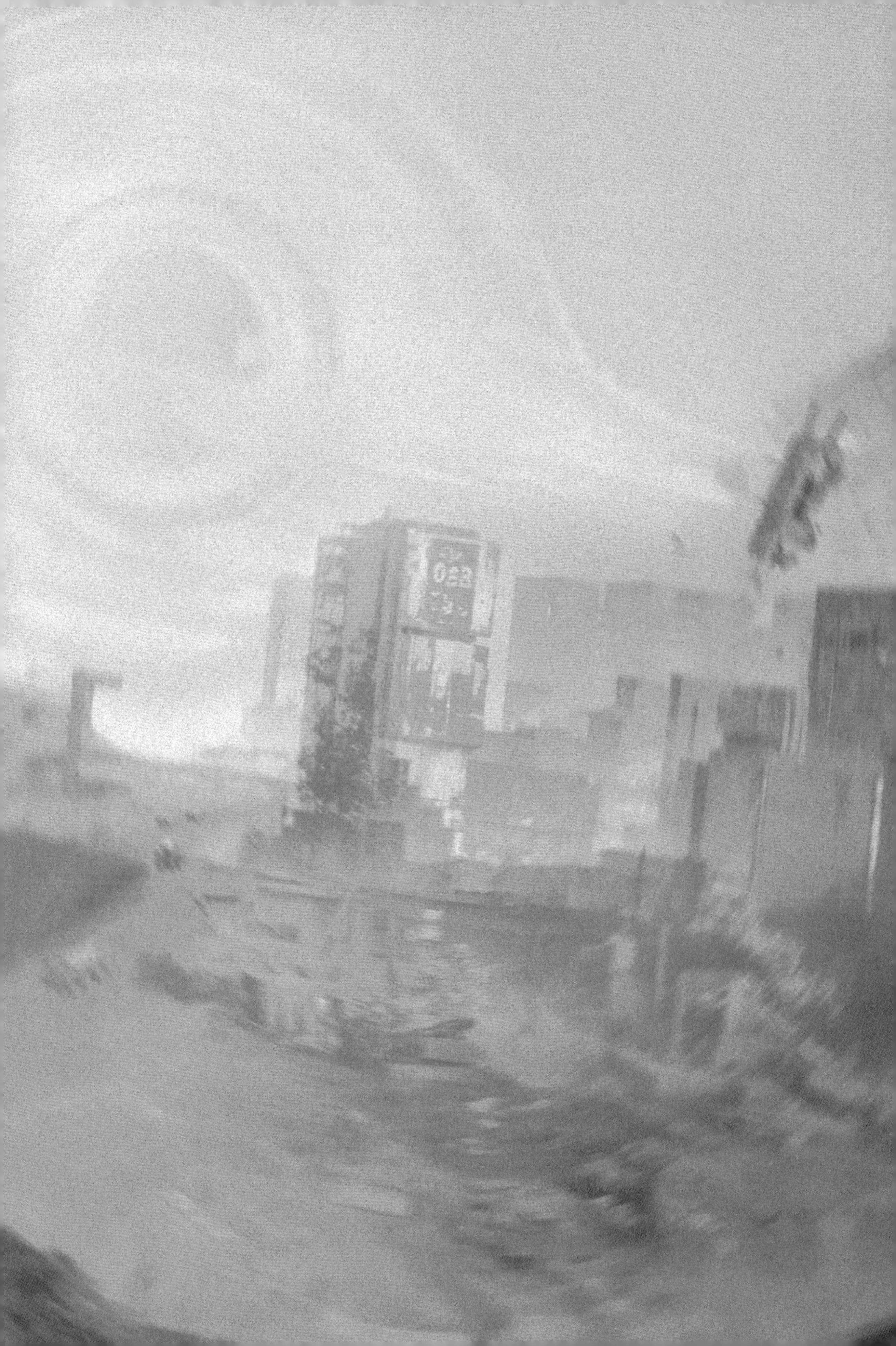

# 聋井
## ECHOLESS ABYSS

物理学家何萍
在火星深空大学毕业典礼上的演讲

作者 / 靓灵  插画 / 邪喵

宇宙 纪元 **195**

很高兴看到在座的年轻面庞。我想起很多往事。对我们这种记忆力不太好的人来说，时间是海浪，轻轻一拍就洗去海滩上的泡沫，浪声远去，只留下为数不多的贝壳。我的年纪是你们的五倍大了，听力也逐渐减退，讲话可能会慢，感谢各位为一个老人付出的时间和耐心。

我是旧地球人，出生在一个很大的家庭里。我小的时候，地月人口曲线已经崩溃了，地联政府还没有形成，不同土地上的人践行不同的律法，每个月都有地区宣布独立或被吞并，只有掌握权势和资本的人过得还算好，他们懂得如何把不幸转嫁给别人。我有17个兄弟姐妹，大多数人既不同父也不同母，里面就包含我的双胞胎妹妹何梅，我以她的名字命名了那个方程。你们知道，100年前的太阳系开荒时期，行星移民死亡率很高，配偶流亡或去世以后，另一个很快就有下一任，每个人都不间断地拿家庭补助、生育补助，厮守或爱情并不多，至少在我们家不明显。当然，这些混乱时代的事情不太容易查到了，人类很擅长用好消息冲洗坏消息。

我们家后院有一口枯井，很深，阳光、信号、大人的争吵都没办法下去。我和何梅经常用一个破桶，互相帮忙拉绳降到井底去。那底下安静、凉快，好像吵闹世界里暗藏的一个真空地带。其实在家和学校，我们经常吵，有时候也在灰堆里打架，但那个伸手不见五指、苔藓气息若有似无的井底，总是能让人平静下来。我们躲在里面听歌、抓虫子、辩论，拍肚皮来练习非洲鼓，斜靠着彼此睡觉。

我们辩论一些学校教了结论，但没有讲清楚的事情，比如，1+1为什么等于2？光为什么被折射成7个颜色，而不是6个或8个？北极熊和企鹅是不是大人编出来骗小孩的？声音可以在真空中传播吗？诸如此类当时很难有结论的辩题。我们看不见任何东西，只有彼此的声音在黑暗中往复来回。多年后，我能做物理研究，想必是那些两小儿辩日般的讨论最早启蒙了我的心智。

现在我想把其中的一个议题，以及后来相关的事情分享给你们。

声音可以在真空中传播吗？

别着急下定论。别迷信科学。科学是一团可以不断被推翻的理论迷雾。

你们接受过这样的通识教育：声音是一种机械波，机械波是震动，震动是粒子的碰撞，碰撞的扩散需要介质，真空中没有介质，由这几条确定的原理可以轻易推论出，声音不能在真空中传播。人类在星球之间的通信，也是先将声音的机械波转成电磁波，等到完成传输后，再转回机械波。正因如此，我们的信号传输速度被限制在光速。

小心，别遗漏细节。真空是空的吗？不一定。分子、离子、原子、质子、中子、电子和光子可以被彻底阻隔在一团空间之外，虚粒子却随时随地开始它的恶作剧。

是的，量子涨落。量子的潮水无处不在。空无中，一对正反粒子突然产生，又在极短的时间里互相湮灭，这个过程以我们无法测量也尚未掌握规律的速度和频率发生。然而无论如何快速，这对粒子都确实存在过，换句话说，每一团真空中都布满了即生即灭的物质。

早在旧历2021年，就有人完成了这样的实验：将两个温度不一样的金属片放入真空中，互不接触，高温的那一个温度便开始下降，低温的那一个温度则开始上升。我们知道，热也是震动，能量想越过两个金属片中间的真空，必须靠介质来传递震动，此处除了借助涨起的虚粒子，别无他法。这个实验不需要太精密的器械，你们都可以轻易复现。

因此我们便知道，热可以在真空中传播，同样是震动，声音也可以在真空中传播了。

别急，这只是开始。

让我们在一个真空房间中放一只干净的球形音响，一颗无尘的坚固金属球。音响开启，震动因无处可去而从球的边缘重返内部，变成回音或无序热量。房间之外的我们，听不见一点声音。

我们放慢时间。在这个光滑发声物的外边缘，在一层机械波涟漪的顶端，挑一个分子，它随着声音的能量往真空中撞去，恰好碰撞到了一个刚刚新生成的正粒子A，第一个正粒子A接收到音响的振动能量就立即动了起来。然而别忘了，无论正反，虚粒子的寿命都是很短的，A才刚开始动就已经要和它的反粒子互相湮灭了，它头顶的生命时钟正以比飞秒更高的频率嘀嗒作响，它能跃动的距离也只有短短的 $10^{-20}$ 米。与此同时，第二个理应被A碰撞的正粒子B还在生成。如果A在撞到B之前湮灭了，它所携带的能量就无从传递下去。

那么能量去哪儿了呢？

真空中的声音通过量子涨落进行了也许千分之一、千万分之一的传播，却最终消散在稀薄的幽灵潮水中，那么所有那些粒子湮灭时无处传递的震动，到哪儿去了？

你们都是经受过高强度理论训练的毕业生，一定已经知道，物理中没有真正的"消失"。所有的"消失"都是障眼法，都是物质或能量的秘密转换，是未被发现的幽暗法则。我们不妨在这里反过来想：一对携带震动的虚粒子可以湮灭，那么有没有可能一对量子纠缠的正反粒子对，在产生的时刻就已经带着多余的能量？这些带着额外能量的量子潮水如果刚好能排列成波形，并在存续的极短时间里把这些震动传递出去，是否相当于凭空产生了声音？

那虚空之中的声音从哪里来的？到哪里去了？它说了什么？它是谁？谁有能力用这不存在的潮水涨落来低语？它拥有这种能力，是出于天赋还是源自智慧？

现在你们发现了这个秘密，就很难再忽视它。后面还有什么？量子通信。绝对密钥。窃听与反侦。超光速实时对话。不包含发送者地点信息的全宇宙广播。黑洞中心被拉长的呼喊重见天日。十亿光年之外恋人的爱语。超低温种族在瞬间被烧成离子火海时的半句哀号。武仙座的岩浆生物与室女座的冰霜巨人遥遥合唱。银心的前线战报。光速的禁锢被打破。信息将不再有距离。存在声音的地方，将没有秘密可言。

而我们，仍在原生恒星系踟蹰的人类，还没有长出对应的听觉器官。我们不知道暗处的潮水从哪里升起，又涌向何处，更不知道这暗网中是否有什么与自己相关。宇宙的量子信息之海可能已经混成一片密集嘈杂的白噪声，无数的信息在我们头顶穿行。星象的意义、恒星明灭的天气、邻居文明的问候、威胁、提醒、通告，可能早就挤爆了邮箱，而我们全然未知。对于这些幽灵般藏在地下水系中的声音而言，人类是聋子，如同藏在一口深井内。

人在年轻气盛时，容易误以为自己已经对世界有充分的了解。何梅代替我跳上那艘尚在实验中的亚光速征兵舰那年，我们才刚刚吃过十八岁的烘糕。当时我们已经不能领儿童补助，被家里赶出来，白天在邻近的黑工厂打工，夜里睡两三个小时，从各自宿舍摸爬下床，穿过工友的呼噜声和黢黑夜路，溜到信号最好的那盏路灯下会合，挤在一起看网校课程，一如小时候在井底分享一只烂耳机。这种体验有时候给我一种偷窃知识的错觉，好像那些东西不是我应该学到的，而何梅无疑是我的同谋。

没过多久，我白天上班时开始打瞌睡，她晚上也总是迟到。有一天直到下课，何梅都没有出现，我气得跑去宿舍把她从床上拖起来，问她还想不想上大学了。我们已经不是小孩，但还是争了半夜，她认为念书的回报时间太长、风险太高，我认为工厂的待遇和可持续性有限，不可久留。我们吵不出结果，只好戴上耳塞回去睡觉，醒后继续各自的做派。几天后，我因为产能低而被开除了，还没找到新工作，就突然接到了无业公民强制征兵的通知。何梅比我更不可置信，那时她已经和很多工友混喜好、判断，直到等待报到的那个月里，才突然可以接受一些彼此的不同。我不再逼她吃青菜或做数学题，她也不再劝我现实一些。我们度过了表面平和的一段时间，直到报道那天上午，我一觉醒来，发现她和我的身份卡都不见了。

我们是异卵双胞胎，如果仔细看的话，长相是有区别的，但可能相似度还是太高，或者检查的人也并不在意。她比我早一步发现了这条暗处的规则：那部分人不在乎正确或专业，只想完成任务了事。那段时间，人类都知道地球住不了太久，我们所在区域的领导者相信优先占领和极权统治才是宇宙发展的要诀，为此做了很多冒进的荒唐决策。三个月后，那艘舰按原计划消耗了96%的能源用于加速，我们的政府却宣告垮台，再也不会派出补能船了。

十几年后，我已经在火星新城定居，正为理论物理前景幽暗而考虑转行航天应用，或者干脆去金融公司做算术。地联政府打来一通电话，说我在地球上还有一处待拆房产需要处理，我是我们家唯一能联系上的人。借此机会，我回地球看了一眼，从最近的有人城镇驱车两小时，在一片废墟中找到了老家的房子。那口枯井竟然还在那里，除周遭青苔更茂盛以外几乎没有变化。我用绳梯爬下去，以成年人的视线重新查看那个记忆中深远的角落，才发现它很窄，还有些倾斜，只有背贴墙壁坐下，才能勉强伸直双腿。

关上手电筒，我才感觉又回到那个漆黑、静谧、凉快、安全的地方，焦虑的水位降下去，旅途与工作的疲惫显现，困意很快漫上来，但那片地面的空间既不平整，又不足够让我好好躺下来。我开始犹豫是干脆歪着脖子眯一觉，还是爬回人间世界签完文件、赶火箭回家。

熟，听信了太多没有证据的流言蜚语，以为远航就意味着孤独终老、死于非命。

那条通知好像一个简短明确的句号，一个休止符。很多年里，我们费尽口舌让对方接受自己的观点、就是那个时候，我听见了那些噪声。

它们此起彼伏，既远又近，互不相关，好像一支无人指挥的万人交响乐团，所有形状的波形一起直冲脑门，像外语又像乐器，最高频的尖锐刮擦和最低频的骨槌敲击缠绕在一起，雷暴卷挟气泡在水面破裂，沙石磕碰夹带着空频段电波。我觉得吵，又觉得聋了，我觉得它们包含某些规律，又无法从中分辨出有意义的信息，只感觉不知从何而来的情绪淹没世界，眼泪擅自沿着脸淌下来。在所有这些噪声的裹挟中，那个越来越清晰的声音逐渐脱颖而出了。

是何梅的嗓音，用一种我从没听过的语种，音素好像不属于任何已知的地球语言，混用一些我尚能分辨的乡音，包含字母、数字和一套只有我们俩知道的暗号。她好像在黑暗中，在喧嚣世界的中心，用一个信号极差的电话，试图和我争辩一个数学问题。我听不完整，只能理解一部分，或者说是一些思路。思路指向那个我没能自己算出来、让我认真考虑放弃和转行的方程，那个后来加速了人类近半个世纪的航天进程，目前至少有 4 000 项衍生技术发明的相位稳态公式。我听了一点，耳道开始刺痛，然后流出温热液体。在越来越强烈的疼痛中，我盘腿坐在地上，开始用手机录音，一边听一边说，专注于从声音的海中捞出能辨识的那一个，专注于数学和辩论，直到世界重归宁静。

在这途中，地联政府的救援人员扛着灯出现了，一定是深井切断了信号，他们以为我遇险，便追过来。探照灯从井口打下来，我抬头看了一眼，抖落绳梯，无视井口的人。他们对我喊话，但我听不见。宇宙的噪声好像一个内置耳机，阻隔了其他的声音。可想而知，救援队气疯了。后来他们发现我耳朵里是烫伤，耳道的表层毛细血管被不知何故突然沸腾的血液炸开了。

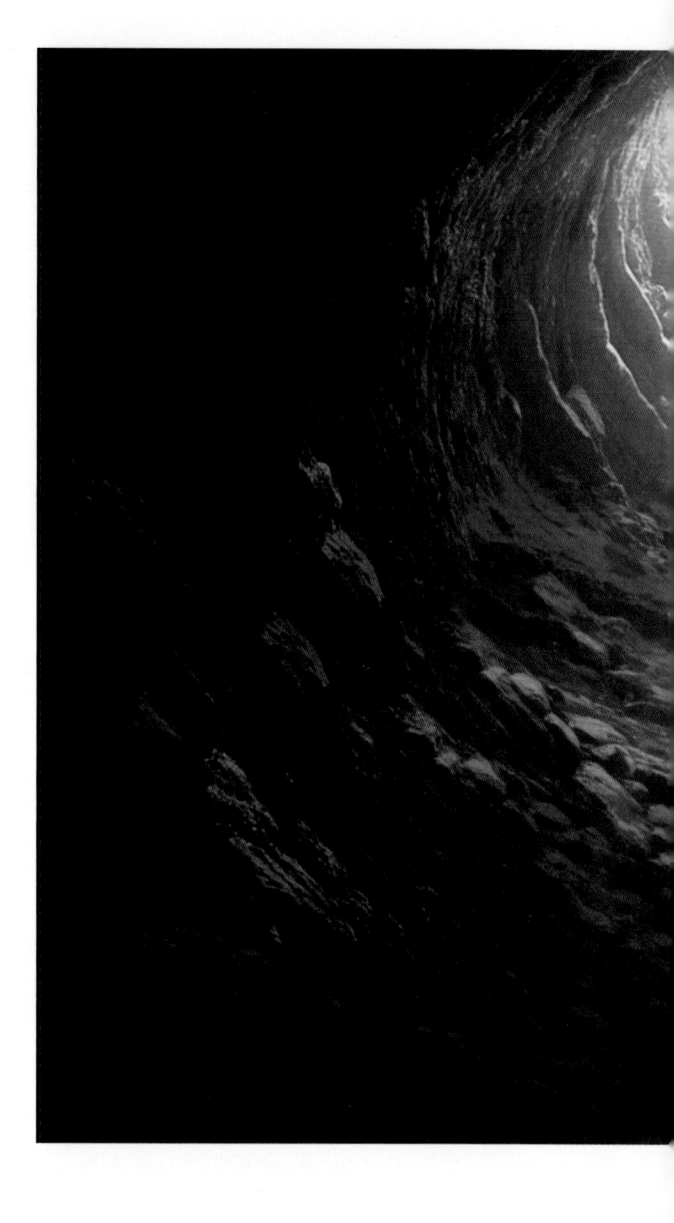

我这一生的时间都在听诵和解析那些混乱残缺的公式和音频。40 岁时，我发布了何梅方程。后来的半个多世纪，人类探索队走得越来越远，也在外面找到了一些文明的遗迹碎片，其中一些证据又成为解锁部分未知音频内容的密码。

我时常忍不住去想，何梅当时到了哪里，接触了什

么？现在又如何了？她怎么能在离开太阳系多年以后，刚好知道我的研究领域，又给我重要的提示？人类将望远镜转向那艘军舰最后离开的航向，却找不到痕迹。舰消失了，但消失只是障眼法，是我们尚不知晓的科技。后来我数次重回井底，也在那里放下了长期录制设备，但除了落雨，再也没有收到任何声音。很多个夜晚，我抬头看向群星，会感觉自己还在那口井里，还是一个远离复杂世界的无知幼童。

如今，我已经离自己的墓地越来越近了，而你们才刚刚启程。人生和宇宙对你们而言，还是辽阔的旷野。在此祝愿各位前程似锦，和人类一起走向更远的地方。

谢谢。

感谢各位
同三体宇宙一起
将科幻带入生活

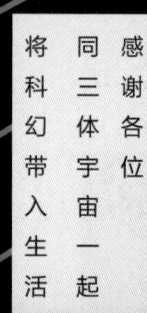

**智子**

**杨磊**
《三体》电视剧导演

**三体宇宙设计中心**

**三体THREEBODY小程序**
幻迷聚集地，三体同好线上社区。更多三体资讯、硬核解析与衍生周边，欢迎关注获取！

**大刘（刘慈欣）**
《三体》原著作者

**江波**
世界华人科幻协会副会长，中国科普作协理事。多次荣获银河奖、华语科幻星云奖金奖等。代表作品《银河之心》三部曲、《机器之门》等。

**万象峰年**
《黑月之下》作者
科幻小说作家，曾获得银河奖、华语科幻星云奖、引力奖（中国科幻读者选择奖）、冷湖科幻文学奖等不同等次奖项。出版个人选集《一座尘埃》《点亮时间的人》。

**刘艳增**
《三体——量子蜂群计划》作者
科幻小说作家，三体科幻征文大赛一等奖、冷湖科幻文学奖、银河奖等奖项的获得者，发表多篇科幻小说于各期刊和文集。

**邪喵**
《黑月之下》插画作者
《聋井》插画作者
参与过《逆水寒》《永劫无间》等大型游戏，以及《古剑奇谭OL》《刺杀小说家》《剑网3》等项目的视觉创作。

**吕耀东**
追求个性与潮流，通过流体元素与实景照片的交融创造出一种怪诞美。泡泡岛音乐与艺术节主画面设计与特邀艺术家。

**朱老Ber**
VR导演，水彩画家，概念艺术家。曾担任《长歌行》和《大圣归来》的美术指导，以及VR（虚拟现实）叙事互动体验《三体：远征》的导演。

### 张磊
《星辰来信》作者
毕业于华东师范大学物理系理论物理专业，专攻膜宇宙和Finsler时空，以及其上的粒子物理与宇宙学。现为上海市科普作家协会会员。

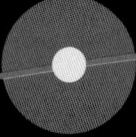

### 靓灵
《聋井》作者
科幻小说作者，攀岩与植物爱好者。曾获全球华语科幻星云奖、冷湖科幻文学奖等，作品散见于期刊、选集、网络，著有短篇小说集《月亮银行》。

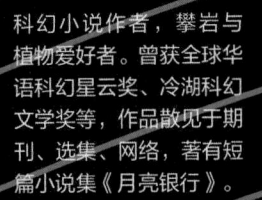

### astroR2
"星际时代的职业选择"栏目作者
一名看完《三体》立志研究天文学，现于国家天文台处理射电数据的博士生。

### Ashy
概念设计师

### 孟新河
《宇宙联络器盘点》作者
主要研究方向包括现代量子信息物理、引力理论、天体粒子物理和宇宙学，现任南开大学物理科学学院教授及博士生导师。天津市科普作家协会第七届理事会副理事长。

### 三体同志们

### 左肖雄
《红岸基地揭秘问答》作者
中国科学院国家天文台博士在读，研究方向是天文信息技术与天文大数据。

### 不要回答编辑室
纪敬 蔡雅琳 孙煜宸 高嘉德 孙文雅 郭萧凡

红岸基地落幕，下一期见！

期待科幻进行时的旅程上也看到你的身影

# 三体最新资讯 THE THREE-BODY NEWS

**6月24日**

由三体宇宙官方授权的上海杜莎夫人蜡像馆《探秘三体》沉浸式实景体验馆正式揭幕,该展馆以《三体》电视剧中的经典场景为原型,更有剧中灵魂人物青年版叶文洁(演员王子文)和史强(演员于和伟)首尊角色蜡像的重磅入驻。

三体宇宙番外剧集《三体:大史》宣布进入开发阶段,《三体》电视剧总导演杨磊,主演于和伟、张鲁一等原班人马再度重聚,携手解开重重迷雾。该剧将继续由原著作者刘慈欣担任顾问,由腾讯视频、三体宇宙出品,三体宇宙承制。

**7月14日**

《我的三体第四季》在Bilibili正式播出,上线次日播放量突破1000万,上线两周播放量突破2000万,播出平台评分9.6,续写国创动画佳作传奇,成为三体宇宙坚持精品内容开发策略的又一重要成果。

**8月26日**

《三体:远征》VR(虚拟现实)互动叙事作品正式上线PICO平台。《三体:远征》由三体宇宙全流程制作,并与PICO联合出品。该作品高度还原《三体》原著中的"三体游戏"内容,旨在为科幻爱好者及VR玩家带来前所未有的沉浸式体验。

**6月16日**

第26届上海国际电影节金爵电影论坛正式启幕。开幕论坛上,光线传媒董事长王长田宣布了重磅消息:由光线传媒与三体宇宙联合出品的《三体》电影,将由张艺谋执导。

## 2024年回顾

## 2025年

**1月8日**
国风艺术家吴青松与三体宇宙共同编绘的《三体》图像小说,联动"2024《三体》漫画系列收藏卡"首发上市。

**3月14日**
三体|北海怪兽联名系列上市,《北海怪兽》为新裤子主唱彭磊个人漫画作品。

**3月21日**
海澜之家|三体联名系列上市。

**3月25日**
"三体·时空漫游 沉浸式科幻体验馆"于苏州开业,是一个兼具亲子互动与科普功能的主题探索型空间。

### 预告

"三体·四维空间 科幻体验中心"从北京启航,集VR互动内容、衍生品消费、打卡装置于一体;首发VR体验作品《三体游戏:文明碎片》。

"不要回答"MOOK系列读物第二本上市。

"三体·未来学院娱乐体验空间"落地上海。

0203:02:12

0200:01:12   0197:01:12   0187:00:12

0181:00:11   0177:00:10

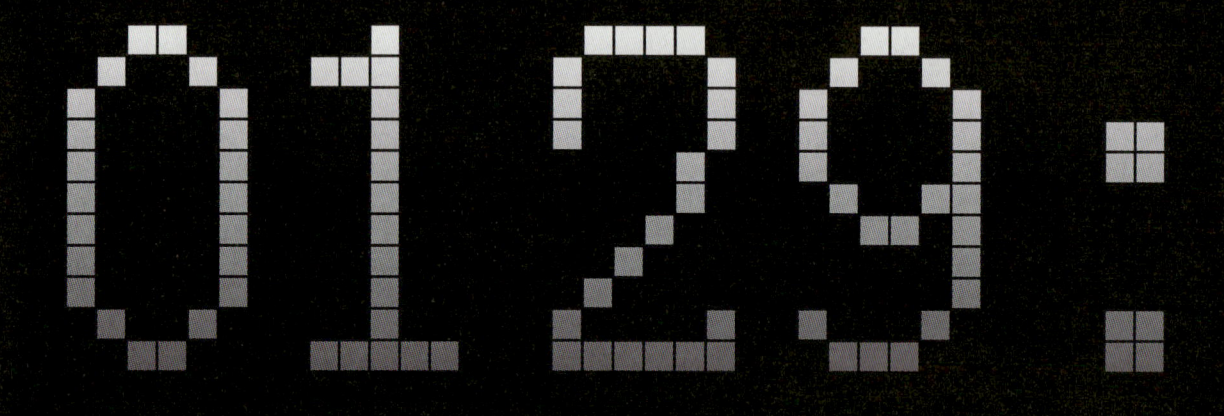

0129:

最 好 的 时 刻

0113:00:07   0106:00:06

0105:00:06

0102:00:06   0083:00:06

0172:00:10  0165:03:09

0162:02:09  0160:02:09

0159:02:09  0145:00:09

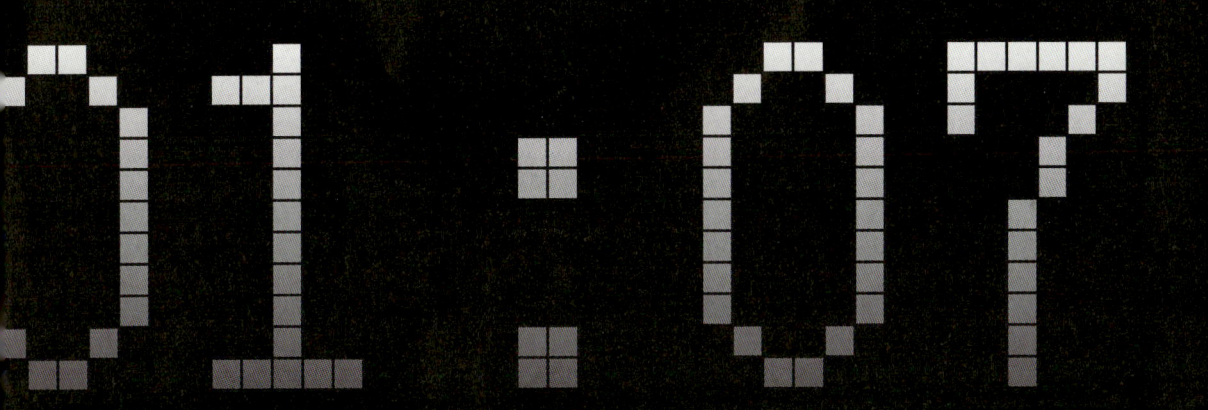

# 01:07
## 永 远 是 当 下

0074:00:05  0050:00:03

0056:01:03  0043:00:02

0035:00:02  0018:01:01

剩余的　页数　：文章　：栏目

图书在版编目（CIP）数据

不要回答. 红岸 / 三体宇宙编著. -- 北京：中信出版社，2025.7. -- ISBN 978-7-5217-7526-6

Ⅰ. I247.7

中国国家版本馆 CIP 数据核字第 20254193YJ 号

© 2025 三体宇宙

三体品牌归三体宇宙（上海）文化发展有限公司独家拥有

**不要回答：红岸**

编著者：三体宇宙
出版发行：中信出版集团股份有限公司
（北京市朝阳区东三环北路 27 号嘉铭中心　邮编　100020）
承印者：北京雅昌艺术印刷有限公司

开本：787mm×1092mm 1/16　　印张：13.5　　字数：320 千字
版次：2025 年 7 月第 1 版　　印次：2025 年 7 月第 1 次印刷
书号：ISBN 978-7-5217-7526-6
定价：88.00 元

总 策 划　曹萌瑶
策划编辑　蒲晓天
责任编辑　姜雪梅
特约编辑　钟诗娴
营销编辑　生活美学营销组

版权所有·侵权必究
如有印刷、装订问题，本公司负责调换。
服务热线：400-600-8099
投稿邮箱：author@citicpub.com